La Rocci:

CO.

La Roccia degli Amanti

Introduzione

Questa é una storia d'amore ma non ordinaria.

Essa contiene molte storie d'amore, ognuna centrata su un principio fondamentale che diviene il punto focale su cui si basa una ossessione, sia fisica che spirituale, che è alla base di tutti i proclami d'amore.

È la sintesi dell'amore in tutte le sue sfumature che dai tempi attuali si proietta nel futuro portando con sé anche tutti quegli aspetti che non conosciamo, ma che possiamo solo immaginare. È anche un amore pericoloso quello che sfocia nel delirio di sentimenti contorti legati ad una leggenda che tesse la trama passionale tra persone ed epoche diverse.

L'amore può essere sostenuto da molte condizioni; una distinta reazione istintiva spinta da un fondamento chimico, un desiderio ostinato di sottomettersi alla benevolenza percepita degli altri, da una profonda connessione con un'altra anima con la quale accediamo al regno spirituale, o forse solo perché è un sentimento essenziale per la nostra sopravvivenza.

Ci porta a piani di esistenza che forse potremmo preferire non conoscere, ma la cui attrazione ci costringe a fare un passo fuori da quella zona di conforto che é il culmine di quella beata ignoranza, fiduciosi che quando mettiamo piede lì ci apparirà sempre qualcosa di solido su cui camminare sicuri.

Alla fine è un viaggio; un viaggio nella mente di ogni avventuriero e ciò che conta di più per noi in quel momento è quell'inafferrabile sensazione di gioia così pervasiva che ha la capacità di superare tutte le altre sensazioni se glielo permettiamo.

Ma per far entrare l'amore, dobbiamo prima prepararci, e potremmo non sapere mai quando lo siamo veramente o quanto meno abbastanza da contenere questa essenza sfuggente, che entra ed esce fugacemente dalla nostra vita, lasciandosi dietro un messaggio, una lezione dalla quale possiamo imparare oppure soffrire per la nostra incapacità di accettare l'inevitabile.

E può arrivare attraverso una lettera, un genitore, una persona che credevamo essere un amica, o addirittura da un altra specie vivente, può arrivare in un momento in cui meno ce lo aspettiamo e puó avvenire anche in cima ad una montagna...

Capitolo 1

La Sfida

Erano finalmente arrivati sulla cima del monte Mulachén. La guida si chiamava Pablo, un giovane alpinista che aveva già scalato l'Everest e si stava dilettando per la scalata del Chimborazo in Ecuador che nel 2016 fú riconosciuto come il monte più alto del mondo per il semplice fatto che il criterio della misurazione era cambiato e non era più considerato dal livello del mare ma bensì dal centro della terra.

Pablo Cruz amava le sfide ma molto poco gli sfidanti!

"Ed eccoci finalmente arrivati!" disse Pablo tirando un sospiro di sollievo nel vedere che gli altri del gruppo erano finalmente riusciti a raggiungerlo.

Erano tutti esausti ma soddisfatti di aver finalmente raggiunto la cima del monte Mulhacén nella Sierra Nevada a 3.482 metri di altezza in una delle più belle zone della Spagna, l'Andalusia. E nel mentre gli altri abbandonarono la tensione respirando a pieni polmoni ammirando la bellezza del panorama circostante, Gaia invece rimase incantata ad osservare Pablo e si chiese cosa stesse veramente cercando di dimostrare quel giovane alpinista appena laureato in medicina che si atteggiava come se volesse sfuggire a tutti i costi da qualcosa o da qualcuno,

"Forse da se stesso!" Pensò Gaia.

Il suo innato spirito di osservazione la spingeva come al solito a voler analizzare fino ai minimi particolari tutto quello che apparteneva alle persone, a partire dai dettagli somatici del volto fino al comportamento, come se stasse scrutando attraverso la palla di vetro la loro vita passata e quella futura.

"Tutto bene?" chiese Pablo avvicinandosi a lei.

"Si benissimo grazie." Rispose Gaia sorpresa della sua intrusione.

Quando poi si accorse che invece l'intrusa in realtà era lei stessa per essersi persa nell'osservare il volto di quel ragazzo e che non si era accorta del fatto che il gruppo era già sistemato in fila per lavarsi le mani presso un piccolo ruscello a pochi passi da dove lei si era fermata.

"Scusate, probabilmente sono un pò stanca" disse Gaia cercando di evitare lo sguardo inquisitorio di qualche curioso del gruppo.

"La montagna non richiede fretta" disse una voce dal tono deciso di un uomo non più molto giovane che gentilmente la fece passare concedendole il suo posto nella fila.

"Grazie, molto gentile" rispose lei accogliendo l'uomo con un sorriso.

"È un vero piacere" disse l'uomo ricambiandole il sorriso.

"Italiana?" Chiese l'uomo guardandola incuriosito.

"Si vede?" Rispose lei ironicamente.

"Si abbastanza, ma soprattutto si sente dall'inconfondibile accento." Disse l'uomo amichevolmente.

"Piacere di conoscerla signor..." chiese Gaia.

"José Fernandez" disse l'uomo prontamente porgendole la mano.

"Gaia,piacere." rispose lei entusiasta mentre l'uomo continuava a stringerle la mano quasi a volerle garantire il suo onesto desiderio di conoscerla.

Proseguirono la giornata sulla cima del Mulhacén lasciando finalmente andare la tensione per inebriarsi del profumo inconfondibile della brezza della montagna che a quella quota è sempre piuttosto fresca anche durante le calde giornate di sole. Ben presto si fece sera e si coricarono tutti a dormire nell' accogliente rifugio dove Pablo prenotò per una notte.

José si era ben presto dileguato nella sua camera, lei immaginò fin da subito che quell'uomo doveva essere un uomo molto solo. Il suo aspetto intellettuale nascondeva una natura selvaggia che Gaia non riusciva ad identificare bene.

Pablo dopo essersi esibito tutta la sera raccontando le sue avventure di scalatore professionista tra un bicchiere di vino e uno di birra, salutò il gruppo dando a tutti appuntamento per il mattino dopo con partenza alle 9 dopo la colazione.

E quando tutti finalmente andarono a dormire Gaia si concesse ancora qualche minuto per godersi finalmente il silenzio. Seduta sull'erba respirò profondamente, l'odore del ginepro la inebriò più di quanto Pablo lo fosse con il vino.

Il canto dei grilli si diffuse nell'aria accompagnando come farebbe un orchestra la danza di quelle piccole lucciole che allegramente balzavano da un punto all'altro senza una meta.

E così Gaia si lasciò trasportare da quell'oblio che di solito precede il sogno prima di entrare nell'inconfondibile leggerezza dell'essere.

Capitolo 2

La Fattoria

Lei si svegliò con i primi raggi di sole. Aveva freddo e cercò una coperta, lui il Patron le aveva tutte sequestrate perché diceva che per lavorare nella terra dovevano essere forti e che il freddo rafforzava il fisico, ma in realtà molti di loro si ammalavano.

Era l'anno 2005, Mariapia era una Ecuadoriana di 25 anni. Era arrivata da poche settimane in quel piccolo paese al sud della Spagna dove aveva trovato un umile lavoro in una fattoria dove si occupava di pulire le stalle degli animali e lavorare nella terra.

Proveniva da una famiglia molto povera, i nonni erano morti in tragiche circostanze durante la guerra civile in Perù che dal 1980 al 2000 aveva visto più di 70.000 persone uccise.

Mariapia era ancora piccola quando venne violentemente separata dai suoi genitori dalle forze dell'ordine per essere venduta ad una famiglia di proprietari terrieri che sfruttarono la sua giovane età per farla lavorare duramente per un pezzo di pane. Da allora la sua vita non era mai cambiata, passò da un proprietario all'altro fino a farci l'abitudine e dimenticarsi definitivamente di se stessa.

"Sveglia è già tardi! E devi ancora preparare la colazione!" Ringhiò con tono deciso e arrogante Antonio Rodriguez il Patron entrando bruscamente nella stanza dove Mariapia dormiva lasciando che la luce entrasse violentemente per svegliarla.

"Certamente, arrivo subito" disse la donna frettolosamente preparandosi ad uscire dalla stanza per andare direttamente in cucina dove avrebbe dovuto preparare la colazione per l'intera famiglia.

Antonio aveva tre figli, Alejandro era il maggiore, aveva circa 30 anni e si occupava della contabilità della fattoria. Manuel di 23 era il secondo figlio, uno studente alquanto svogliato con una personalità molto ambigua e controversa in quanto studiava per diventare un avvocato ma era stato più volte arrestato per essere un sovversivo politico contro lo stato. Isabel era la più giovane dei tre figli, aveva 17 anni, passava le giornate nella sua stanza a dipingere ed ascoltare musica. Isabel era disabile dall'età di 5 anni a causa di un improvvisa paralisi di cui non fú mai trovata una causa certa, ma sulla quale il fratello Manuel volle investigare in veste di avvocato dopo che alcune tracce lo condussero a sospettare del medico curante che le iniettò il vaccino contro il vaiolo necessario per poter accedere alle scuole dell'obbligo, dopo il quale Isabel ebbe una febbre altissima con convulsioni e perse l'uso delle gambe.

La ragazza fú sottoposta a diverse terapie riabilitative per poter migliorare la sua frustrante situazione, ma purtroppo il suo midollo spinale era stato gravemente lesionato senza una precisa causa apparente che la inchiodò tragicamente su una sedia a rotelle per il resto della sua vita.

Carmen la madre era una donna molto provata dalla vita. Non più giovane e piuttosto trascurata, visibilmente in sovrappeso e forse anche per questo piuttosto triste e scorbutica. Si nascondeva come se fosse afflitta da un senso di vergogna che la costringeva a fuggire ogni volta che vedeva qualcuno dei vicini avvicinarsi evitando così di salutarli. Il buongiorno per lei non esisteva più da molto tempo e le sue profonde occhiaie parlavano più delle sue parole inespresse lasciando trapelare la tristezza e la frustrazione.

Lei che con la voglia di vivere aveva drammaticamente perso anche la sua fede in Dio.

"Cerca di essere qui puntuale se vuoi continuare a lavorare in questa casa." Disse con tono arrogante

Carmen non appena sentí alle sue spalle l'arrivo di Mariapia che si affrettò a mettersi il grembiule mormorando:

"Mi scusi signora" abbassando la testa come farebbe una bambina appena sgridata dalla madre. Ma sapeva già che a quelle parole non avrebbe ottenuto alcuna considerazione.

Mariapia Passava le sue giornate al servizio della famiglia Rodriguez sentendosi umiliata per come veniva trattata, si sentiva sollevata solo quando si curava dei cavalli che loro invece le sembravano molto grati quando la sentivano arrivare tutte le mattine nella stalla dove andava per pulire i loro escrementi e rifornirli di cibo e acqua fresca. Talvolta le sembrava addirittura di scorgere un sorriso da quei loro musi pelosi con i grandi occhi luminosi che lasciavano trasparire più emozioni di quanto non lo facessero i padroni.

Era estate e faceva molto caldo, il cielo era bianco per la foschia. In lontananza si intravedevano nuvole scure, un temporale si stava preparando ed era sicuramente una benedizione per tutta la comunità che sperava ormai da giorni di poter irrigare i loro campi, unica risorsa dei loro beni sostenibili da dopo che l'economia del paese si era gravemente indebolita a causa di molti fattori principalmente di natura politica.

Mariapia era indaffarata nel pulire la stalla dove vi erano i cavalli quando sentí lo scalpitio dei loro zoccoli in stato di agitazione. "Cosa succede, perché vi agitate così oggi..." Disse Mariapia anch'essa agitata per non capire il motivo del loro improvviso scalpitio. Un tuono irrompé nel cielo scuro e la fece sussultare. "Adesso ho capito il motivo della vostra agitazione" disse con un sorriso ironico la donna come se cercasse di esorcizzare la propria paura. "Ma non c'è motivo di agitarsi, la pioggia è una benedizione per tutti noi, specialmente in questi giorni torridi." Disse Mariapia mentre accarezzava il suo cavallo preferito, uno stallone Murgese dal manto corvino di razza Spagnola proveniente dall'Italia che elegantemente sfoggiava durante le gare equestri alle quali il povero animale era destinato, quando d'improvviso la donna sentí dei rumori provenienti da fuori, qualcosa che si muoveva tra le fronde degli alberi, poi qualcosa di metallo che rotolando sbatté contro la porta della stalla.

Mariapia si affrettò immediatamente a controllare cosa stesse accadendo, ma quando si affacciò non vide nessuno se non il volo improvviso di un grande volatile che mentre strideva si innalzò nel cielo scuro facendo diversi giri concentrici per poi scomparire all'orizzonte.

Mariapia perse i sensi mentre alle sue spalle lo stallone Murgese cominciò a scalpitare impazzito. Il cavallo si innalzò su tutta la sua lunghezza per poi correre fuori verso il cancello del recinto che saltò con grande forza per allontanarsi velocemente fuori dalla fattoria.

La forte pioggia impedì ai membri della famiglia di uscire fuori di casa senza curarsi troppo della assenza della povera donna che ormai mancava da diverse ore.

Isabel sentí strani rumori provenire da fuori e facendo leva sulle maniglie della sua ormai consunta sedia a rotelle riuscì ad affacciarsi alla finestra e vide in lontananza un ombra indefinita che non lasciava capire si trattasse di un animale o di una persona.

Allora Isabel cercò immediatamente il suo cellulare e quando zummò l'immagine vide che la figura era piuttosto ambigua in quanto sembrava appartenere ad una persona con strane proporzioni fisiche che sembrava camminare tra la boscaglia come se stesse cercando qualcosa. Isabel fece una serie di scatti, poi presa dall'agitazione le cadde il cellulare di mano.

"Accidenti!" Esclamò a voce alta, al ché Alejandro la sentí e corse immediatamente a soccorrerla:

"Cosa é successo" le chiese premuroso il fratello.

"Ho perso il controllo e mi è caduto il cellulare a terra mentre stavo fotografando qualcuno in quella direzione" disse Isabel indicando un punto all'orizzonte che indicava la boscaglia nei pressi delle stalle. "Cosa intendi dire?" Chiese Alejandro preso dall'agitazione.

"Ho sentito dei rumori là fuori e mi sono affrettata a vedere cosa stesse succedendo quando ho visto un ombra muoversi verso le stalle. Inizialmente non avevo capito se si trattava di un animale o cos'altro, quando poi ho zummato ho notato che si poteva trattare di una persona ma alquanto strana..." disse Isabel penserosa nel rievocare l'accaduto. "Però sono riuscita a fotografarla" continuò Isabel guardando negli occhi il fratello piuttosto incredulo.

"Guarda qui!" disse Isabel mentre si affrettava ad aprire il file delle foto sul cellulare e poter così dimostrare al fratello che non stava sognando, ma purtroppo ebbe invece una brutta sorpresa, non vi erano alcune foto.

"Ma dove sono finite...sono sicura che le ho scattate poco fà!" esclamò la ragazza incredula a quella visione. "Non possono essere scomparse, a meno che non si siano cancellate automaticamente quando mi è caduto il cellulare a terra." Aggiunse la ragazza con un velo di tristezza e di rabbia.

"Può darsi..." intervenne il fratello guardandola con un senso di compassione nel vedere sua sorella disillusa. D'altronde aveva sempre dubitato su di lei quando raccontava le sue storie a volte assurde, la considerava una sognatrice che aveva bisogno di far credere alle sue storie per sopperire il suo stato di frustrazione!

Alejandro cercava le parole per consolarla quando venne interrotto bruscamente:

"Avete visto dove è finita quella sgualdrina di Mariapia?" gridò Carmen a squarciagola mentre correva agitata tra una stanza e l'altra della casa.

"No non la vedo da oggi pomeriggio quando l'ho vista dirigersi verso le stalle." Disse alquanto preoccupa Isabel.

"Cosa diavolo ci fà ancora nelle stalle quella miserabile!" Gridò Carmen forsennata. "Parla con i cavalli quella disgraziata!" Continuò urlando Carmen come se prendesse quell'occasione per infierire sulla povera Mariapia della quale non aveva mai avuto alcun rispetto.

"Vado a cercarla" disse Alejandro mettendosi la giacca per uscire.

"No ci vado io" intervenne femandolo suo padre che era appena rientrato dal lavoro nei campi.

"Tu aiuta tua madre a preparare la cena." Continuò suo padre con il tono di sfida tipico di chi impone le proprie decisioni pur di dimostrare il proprio potere sugli altri.

Alejandro non aveva mai sopportato l'arroganza di suo padre che cercava sempre di sopraffarlo come del resto faceva con tutta la famiglia, ma sapeva che in cuor suo per lui era normale in quanto era cresciuto in una famiglia cattolica dove il padre padrone aveva un ruolo fondamentale per la crescita dei figli e purtroppo era l'unico modo che suo padre conosceva per esprimere il suo amore condizionato che si tramandava da intere generazioni sottomesse nel nome di Dio Padre Padrone.

Antonio si affrettò ad uscire portando con sé la torcia. Fuori pioveva ancora e un grande scontro di aria sbatté violentemente la porta mentre l'uomo si incamminò verso le stalle.

Capitolo 3

La Partenza

Era ancora sdraiata sull'erba quando improvvisamente sentí la voce di un uomo: "Gaia sveglia, ti senti bene?" Ci vollero diversi minuti prima che Gaia si svegliasse da quel sonno profondo che l'aveva inchiodata a terra davanti la porta principale del rifugio. "Gaia, sveglia!" insistette l'uomo.

"Ma che ore sono?" disse improvvisamente la donna quando vide il volto dell'uomo che la stava cercando di svegliare.

Era José Fernandez, l'uomo che aveva conosciuto il giorno prima durante l'escursione e che le aveva gentilmente rivolto la parola per conoscerla. "È molto tardi e dovresti rientrare in camera tua per riposare, domani mattina dobbiamo ripartire e ci aspetta un lungo viaggio di ritorno." disse l'uomo.

"Da quanto tempo sono qui?" chiese Gaia ancora mezza addormentata.

"Non sò di preciso, ma credo diverse ore. Ieri sera non sei rientrata nella tua stanza quindi presumo ti sei addormentata qui..." Disse José perplesso per aver dimostrato la sua attenzione nei riguardi di Gaia la quale stava pensando esattamente la stessa cosa mentre lui la stava aiutando a sollevarsi da terra.

"Ho fatto un sogno strano" disse improvvisamente Gaia.

"Ero in una fattoria con persone della stessa famiglia, persone strane...ma non ricordo bene cosa è accaduto, sò solo che il sogno sembrava vero!" Disse con tono preoccupato Gaia mentre realizzava che il sogno stava già svanendo dalla sua mente.

"Succede, soprattutto in questa zona." Disse José rassicurandola.

"Cosa intendi dire?" chiese perplessa Gaia.

José sorrise: "Un giorno ti porterò sulla cima del Peña de los Enamorados ovvero Roccia degli Innamorati vicino a Alcazaba, è una bella zona dell'Andalusia dove nascono leggende che possono spiegare il mistero dei sogni vividi che spesso sono dettati da una fervida intuizione. Storie che si intrecciano tra realtà e fantasia e che spesso vengono accantonate nel cassetto delle leggende popolari ma che quasi sempre hanno un fondo di vero che raccontano più di ciò che possiamo immaginare."

Gaia lo ascoltò attentamente e le venne spontaneo chiedergli: "Di cosa ti occupi nella vita?"

"Esattamente di questo...dei misteri delle leggende popolari." Rispose José.

"Quindi immagino sei uno scrittore?" Chiese Gaia con tono inquisitore.

"Diciamo che scrivere è la mia passione adesso che sono pensionato ma il mio lavoro è il ricercatore. Sono stato docente all'UAM Universidad Autònoma de Madrid dove insegnavo Scienze Naturali. E tu di cosa ti occupi?" chiese José incuriosito.

"Di Scienza Spirituale come fondamento di una nuova Società. Il mio settore attualmente è l'intuizione basata sull'osservazione, in particolare la fisiognomica."

"Molto interessante, credo che avremo molto da raccontarci io e te." Aggiunse José con un sorriso.

"Adesso credo che è meglio se andiamo a dormire visto che tra poche ore dobbiamo partire" disse José guardando all'orizzonte i primi colori dell'alba che da qull'altezza erano un vero spettacolo da non perdere.

Gaia si sentí improvvisamente serena come non le capitava da molto tempo e sentí dentro di sé la nascita di qualcosa di molto importante, qualcosa di nuovo, sperando che la sua intuizione non l'avrebbe tradita.

Pablo era già sveglio alle prime ore dell'alba e quando Gaia ancora insonnolita andò verso il tavolo imbandito per la prima colazione, sentí il tono della sua voce irrompere il silenzio dell'ambiente circostante: "Buongiorno Gaia, dormito bene?" chiese Pablo con tono inquisitore.

Lei si girò a guardarlo perplessa cercando di capire se era una domanda formalmente gentile o piuttosto ironica in quanto avrebbe potuto sentirla chiacchierare con José fino al mattino.

"L'erba era alquanto fresca ma il sole dell'alba l'ha riscaldata abbastanza in fretta!" Rispose prontamente Gaia affrontando come suo solito ogni dubbio con quella punta di ironia che toglie le parole di bocca a chi tenta di sopraffarla.

"Bene, mi fà piacere vedere con gioia che questo rifugio offre comodi posti letto nel mezzo della natura!" Rispose prontamente Pablo con un sorriso ironico.

"Credo che l'esperienza del letto naturale sarà qualcosa a cui dovremo abituarci ben presto tutti quanti" soggiunse José avvicinandosi ai due dopo che li aveva sentiti chiacchierare.

"In che senso?" intervenne Pablo colto di sorpresa nel vedere José alle sue spalle.

"L'economia stà progressivamente cambiando e non possiamo negare la possibilità di dover adattare la nostra vita a quello che potrebbe diventare un nuovo modo di vivere, in un certo senso migliore, ma non per tutti facile, dato che richiederà la capacità di adattamento alle semplificazioni del quotidiano.

Niente più alberghi di lusso a cinque stelle, ma stelle infinite sopra le stalle" concluse José con una risata alla quale si aggiunsero anche Gaia e Pablo allentando così la tensione del momento prima che la discussione stasse per diventare troppo seria.

"Bene, tra poco lasceremo l'albergo per proseguire la nostra avventura che dalle stelle ci porterà alle stalle, tanto per rimanere nel tema dell'economia che cambia la qualità della vita!" esclamò Pablo con un sorriso.

"E a proposito di stalle, ci fermeremo a ristorarci presso una fattoria da poco ristrutturata in agriturismo che rimane ai piedi della montagna dove per chi lo desidera potrà andare a cavallo per qualche ora dato che la struttura è attrezzata per l'attività equina."

Il gruppo fu entusiasta del programma che Pablo offriva e molti di loro si sentirono eccitati all'idea di poter concludere l'avventura con una piacevole cavalcata.

Gaia mise in spalla il suo pesante zaino e si avviò verso il sentiero dal quale avrebbero disceso la montagna, José la seguì con lo sguardo ma non le si avvicinò, lasciò che lei si potesse rilassare tranquilla senza doversi sottoporre ad ulteriori domande sulla sua vita privata, chiedendosi se in fondo non fosse quello un modo per evitare che fosse invece lei a fargli domande e che lui stesso cercasse di evitare, come al solito, che un amicizia potesse sfociare in qualcosa di più profondo.

Non era mai il momento giusto per lui *"prevenire è meglio che curare"* pensò ancora una volta mentre guardava il cielo che si apriva all'orizzonte lasciando filtrare i raggi di sole del mattino. *"In fondo il cielo ci insegna che è tutto relativo a come vogliamo credere...il cielo si apre come il cuore se crediamo possa essere il momento giusto per l'amore, ma potrebbe anche essere il contrario"* continuò a pensare José continuando a fissare il cielo notando che di improvviso si stava chiudendo come il sipario alla fine di uno show e sentí un brivido di freddo raggiungerli le spalle costringendolo a tirare fuori il suo caldo maglione in pail tipico per la montagna. *"Al cuore non si comanda..."* disse la sua voce interiore che veniva dal passato:

Rosa era dolce e sincera, era stata la compagna perfetta della sua vita, la donna che felicemente decise di sposare nonostante le mille controversie che si posero nella loro relazione per impedire che ciò avvenisse ma in cui l'amore ebbe la sua vincita.

Rosa era tutto per lui, l'amante, la compagna, la figlia desiderata che non aveva mai avuto, la madre che si preoccupava per le sue dimenticanze e distrazioni, la sua complice che condivideva il bene e il male non perché fosse stata una promessa davanti ad un foglio di carta, ma qualcosa di più, era l'indissolubile certezza che tutto è parte dell'uno dove forze contrapposte si intrecciano e dove la loro coesistenza è la consapevolezza dell'appartenenza.

Ma Rosa era destinata ben presto a scomparire nel nulla, a dissolversi come i raggi di sole dietro il sipario delle nuvole che tristemente oscurano il cielo fino alla volta successiva.

La rugiada sull'erba era l'unica cosa che gli dava la certezza di essere ancora vivo e che ora doveva percorrere quel sentiero senza di lei, proseguendo verso un nuovo sentiero, quello che conduceva ai piedi della montagna senza grandi sforzi.

Passo dopo passo i suoi pensieri si allinearono di nuovo e un piccolo raggio di sole lo riportò alla realtà. Vide Gaia che gli sorrise e si sentí improvvisamente scaldare l'anima e così le ricambiò il sorriso affrettando il passo per raggiungerla.

Capitolo 4

Il Rituale

Era appena tramontato il sole quando Maliva decise di andare a preparare le camere per i nuovi arrivati.
"Probabilmente stanno ancora scendendo giù per la montagna, a quest'ora avrebbero dovuto essere qui." Disse la giovane donna al padre, un uomo ormai anziano che anni prima ereditò la vecchia fattoria dopo la morte di sua madre e che assieme a sua figlia Maliva decise poi di conventirla in agriturismo.
Francisco Rodriguez era un uomo molto solitario e questo lo faceva sembrare piuttosto scontroso. Non godeva di ottima salute dovuto al fatto che da bambino era stato trascurato dalla madre che essendo povera non poteva provvedere alle necessità primarie per suo figlio. Si ammalava spesso e trascinava la febbre per lungo tempo, causandogli ripetute infezioni alle vie respiratorie che spesso si trasformavano in bronchiti.
"Hai preso la medicina?" chiese Maliva a suo padre prima che si coricasse a dormire.
"Ho finito le erbe sacre, domani andrò nel bosco a raccoglierle fresche e farò l'infuso" rispose Francisco gentilmente a sua figlia che si preoccupava spesso della salute di suo padre.
"Verrò con te non appena avrò sistemato il gruppo dei turisti così facciamo il Rito della Medicina prima che il sole tramonti." Disse Maliva salutandolo prima che l'anziano si ritirasse nella sua camera.
Maliva era cresciuta in quella casa dove suo padre aveva lavorato per molti anni con sua nonna paterna dalla quale aveva appreso l'amore per la terra e per gli animali, il rispetto per la natura e le sacre pratiche sciamaniche con le quali la nonna curava le malattie, sia fisiche che

mentali. Maliva aveva imparato da sua nonna che per ogni raccolto vi era un rituale da praticare in ringraziamento per la madre terra che generosamente provvedeva alla crescita delle risorse medicinali.

La giovane donna si concesse alcuni minuti di rilassamento in cui le tornarono alla mente le sagge parole della nonna quando le insegnò il **Rito della Medicina** che richiamava le forze della natura attraverso i 5 elementi attivi:

Terra *"per la consacrazione e purificazione del corpo fisico"*
Acqua *"per la purificazione del corpo mentale"*
Fuoco *"per la purificazione del corpo subatomico"*
Danza *"per la purificazione del corpo astrale"*
Canto *"per la purificazione del corpo spirituale"*

"Per prima cosa devi cercare la zona dove crescono determinate erbe in abbondanza. Poi prima di estrarle dalle proprie radici dovrai praticare il RITUALE SCIAMANO DELLA MEDICINA che consiste per primo: nella Consacrazione e Purificazione del corpo fisico.
Si prende una certa quantità di TERRA e con le mani inumidite di acqua si forma del fango con il quale dovrai tracciare alcune parti del corpo e del viso. Di solito le parti più esposte come la fronte, guance e mento, mani e piedi. Mentre pratichi questo rituale pronuncia alcune parole di ringraziamento alla Madre Terra per il dono della purificazione del proprio corpo preso in prestito per vivere l'esperienza Divina sul pianeta Terra:

"Madre Terra, ti ringrazio per il dono che mi offri! Fai che il frutto del tuo grembo, che così generosamente mi concedi, alimenti il mio corpo, protegga la mia mente e purifichi il mio spirito. Che la linfa della tua benevolenza Divina sia qui ed ora Benedetta dall'Ordine della Legge Universale."

"*Dopo questo rituale si passa al secondo elemento: L'ACQUA con la quale si procede per la purificazione del corpo mentale. Se non vi è una fonte di acqua come fiume o ruscello nelle vicinanze possiamo portarla da casa. Con l'acqua si bagna il chakra della testa, precisamente sul punto centrale, in corrispondenza della ghiandola Pineale con la quale siamo collegati con l'energia divina. Poi bagniamo la fronte per purificare la mente dai pensieri negativi che ci impediscono di rilassarci. Mentre pratichiamo questo rituale ringraziamo l'acqua per ridarci il dono della serenità e tranquillità dalle quali deriva la gioia.*

Poi accendiamo un FUOCO per la purificazione del corpo sub-atomico che risiede nel campo energetico prodotto dalle nostre cellule che regolano il sistema neurovegetativo. Con le fiamme ci scaldiamo le mani in segno di ringraziamento per il fuoco purificatore che ristabilisce l'equilibrio termostatico delle nostre cellule, fonte inesauribile della combustione sub-atomica dalla quale siamo stati creati insieme all'Universo e con la quale produciamo l'energia necessaria per la continuità della specie. Poi con il legno ancora incandescente tracciamo il corpo sub-atomico a pochi centimetri dal perimetro del corpo. Mentre procediamo al rituale ringraziamo il fuoco per purificare il nostro corpo energetico che, dalle nostre cellule, si irradia a qualche centimetro fuori dal corpo.

Poi procediamo con gli elementi dinamici come la DANZA che mette in moto l'energia vitale e purifica il corpo astrale e il CANTO che emette vibrazioni alte che vanno a stimolare il chakra della gola fino a raggiungere lo Spirito. Con il canto esprimiamo il ringraziamento per il nostro Spirito per essere la nostra saggezza interiore che non ci abbandona mai."

Maliva era così assorta nei suoi pensieri evocativi che non si accorse dell'uomo che le arrivò davanti e le fece fare un sussulto: "Buona sera, sono Pablo Cruz. Ho prenotato per un gruppo di persone."

"Buona sera Pablo, la stavo aspettando... sono Maliva Fernandez la figlia del proprietario. Mio padre si è già coricato ma non è un problema, io vi ho già preparato le stanze e potete accomodarvi."

Pablo si sentì accolto come se conoscesse quella giovane donna da molto tempo.

"Grazie, molto gentile, e mi scusi del ritardo... sinceramente ci eravamo persi lungo il sentiero durante la discesa." Disse Pablo. Mentre Maliva gli consegnò le chiavi della stanza, lui potette per una frazione di secondo, sfiorarle la mano gentile che lasciava traspirare il delicato profumo di lavanda evocando un ambiente pulito e fresco.

"Mi dispiace, spero non abbiate avuto grossi problemi nel ritrovare il sentiero. Perdersi in quella zona non è conveniente!" disse Maliva con il tono fermo di chi avverte il pericolo. "Si dice che in passato alcune persone si sono perse in quella zona e non hanno più fatto ritorno." aggiunse Maliva alquanto preoccupata.

"Mio Dio!" esclamò Pablo "veramente? Non lo sapevo, altrimenti non avrei rischiato portandoci il gruppo!"

Maliva lo guardò in silenzio e Pablo percepì un brivido percorrergli la schiena, poi si diresse verso la porta per andare a chiamare il gruppo che una volta sistemati ognuno nella sua stanza si salutarono per la buonanotte.

Quella notte Gaia non riusciva a dormire ed ebbe la strana sensazione che qualcosa di sinistro era successo in quella casa.

Si diresse verso la sala ristoro dove notò come tutto sembrava molto ordinato, l'atmosfera era tranquilla ma era come se si nascondesse qualcosa che reclamava vendetta per essere messo alla luce.

"Tu non vai a dormire?" chiese José alle sue spalle.

"Non ancora," rispose Gaia. "Non posso dormire fino a quando non avrò capito cosa mi fà sentire così preoccupata."

"Forse sei troppo stanca dalla lunga camminata" disse José cercando di rassicurarla.

"Questo luogo ha qualcosa di strano, è come se fosse stato costruito su delle rovine dalle quali voglia riemergere il passato, e stranamente mi é familiare!" disse Gaia rammentandosi il sogno della notte precedente.

"Questa zona è pericolosa!" disse José mettendola in guardia.

"In che senso?" rispose Gaia incuriosita.

"Si dice che alcune persone siano scomparse mentre percorrevano il sentiero che abbiamo fatto oggi pomeriggio per arrivare qui." disse José.

"Si racconta che nel 2005 una donna è scomparsa dopo che si era allontanata per pochi minuti da un gruppo di amici che erano andati per una escursione.

Dopo qualche mese, nella zona della scomparsa, è stata ritrovata la collanina che la donna portava al collo, ma di lei nessuna traccia" aggiunse José con un velo di tristezza.

"Conoscevi quella donna?" disse Gaia seguendo il suo infallibile intuito.

"Non direttamente, però era una conoscente di mia moglie Rosa" disse a quel punto José con un sospiro come se finalmente stasse per confessare un segreto che gli pesava.

" Quindi sei sposato?" chiese Gaia direttamente sul punto della questione.

"Lo ero" rispose José "adesso sono vedovo purtroppo."

"Mi dispiace molto" rispose Gaia lasciando trasparire un sospiro con il quale non poteva nascondere un certo sollievo.

"Ma questa è un altra storia e adesso è troppo tardi per raccontarla, te ne parlerò un altra volta" disse José avvicinandosi a Gaia per darle il saluto della buona notte sfiorandole gentilmente la fronte con un bacio, tracciando cosí l'inevitabile al quale era destinato.

"Buona notte José" disse Gaia ricambiando il bacio "abbiamo molte cose da raccontarci a quanto pare." Concluse Gaia con un sorriso.

"Lasciamo che sia ciò che deve essere, non possiamo cambiare il corso degli eventi ma possiamo renderli piacevoli se vissuti con la consapevolezza del loro significato che a volte ci sfugge purtroppo, ma anche questo ha un senso." E così dicendo José si diresse verso la sua stanza lasciando Gaia davanti alla porta della sua camera con lo sguardo di chi avrebbe voluto fermarlo per dargli ancora un bacio, più intenso e passionale. Avrebbe voluto accarezzare quel volto stanco che però lasciava trasparire ancora tanta voglia di vivere se solo avesse potuto ritrovare quella pace interiore che la vita gli aveva tolto per qualche drammatica ragione che lei doveva ancora scoprire.

Gaia entrò nella sua stanza chiudendo la porta alle sue spalle, poi prese in mano il suo diario sul quale regolarmente riportava gli eventi importanti della sua vita e scrisse:

23 Luglio 2075
È con gioia che oggi posso annunciare di sentirmi finalmente rapita da un dolce sentimento che non sentivo da molto tempo. È forse amore? Non lo sò, troppo presto per capirlo ma di certo è che quest'uomo è speciale.
So' che dovrei fare in modo che niente interferisca nel mio percorso e che perciò stò rischiando e sò che questo potrebbe essere un grave errore, ma é forse questa la dura prova alla quale siamo tutti chiamati un giorno?
José è il suo nome, ha un volto interessante...un misto tra l'intellettuale e il ribelle selvaggio. Sguardo intenso e luminoso, paziente come un vulcano spento in attesa dell'esplosione!

Vedovo e alquanto triste per questo ma abbastanza giovane da ricominciare. Probabilmente sui 55 anni di età, ancora non conosco la sua storia ma il mio intuito mi dice che sono pronta per questa nuova avventura.

Poi nell'oscurità della stanza vide l'intenso chiarore di una luce penetrare dalle persiane leggermente socchiuse. Si affacciò alla finestra e vide nel cielo una splendida luna piena leggermente rossastra. *"Come potrei dormire con una luna così!"* si chiese Gaia eccitata per la serie di eventi che ancora non le davano tregua.

"Un amore appena sbocciato in coincidenza con una luna rossa è il massimo che si possa avere" pensò divertita. Quando qualcosa attirò la sua attenzione... fuori nell'oscurità in lontananza le sembrò di scorgere qualcuno o qualcosa che si muoveva in modo strano, forse qualche animale della zona o forse qualcuno degli abitanti della casa che lei ancora non aveva conosciuto ma sapeva fossero una giovane donna e suo padre, un anziano signore. *"Era appena passata la mezzanotte, come potevano essere ancora in giro e per fare cosa?"* Pensò lei.

Gaia fu presa da un forte senso di angoscia e d'improvviso avrebbe voluto non essere sola. Era quasi tentata a chiamare José ma si sentiva in imbarazzo in quanto, data l'ora, non voleva essere fraintesa, e così per non rovinare la situazione decise di non farlo. Poi improvvisamente sentí il gigolio di una porta arrugginita che si apriva lentamente.

Gaia si impietrí dalla paura quando venne colta di sorpresa nel vedere uno stupendo cavallo nero uscire di corsa dalla stalla. Cavalcava imbizzarrito verso il cancello del recinto come se fosse chiamato da una voce femminile per poi sparire verso la foresta all'orizzonte.

Non vide la donna ma pensò fosse la figlia del proprietario dell' agriturismo che forse era nella stalla e che le era fuggito uno dei cavalli.

Gaia sapeva che i proprietari avevano un attività equestre e questo la tranquilizzò, così decise di andare a dormire.

Capitolo 5

Il Cavallo Nero

Il giorno dopo José le bussò alla porta. "Buongiorno Gaia, dormito bene?"

"Buongiorno José, che bella sorpresa... se è vero che il buongiorno si vede dal mattino questo deve essere un giorno perfetto!" disse Gaia con un sorriso volendogli dimostrare la gioia di vederlo alla sua porta.

"Sono passato a vedere se eri sveglia perché il gruppo si stà preparando per la gita a cavallo e volevo essere sicuro che tu non saresti mancata" disse José notando in Gaia un senso di inquietudine.

"Certo, sono pronta...non potrei certo mancare, desidero andare a cavallo da molto tempo anche se non ho molto esperienza. A proposito di cavalli hai sentito dei rumori stanotte dopo che ci siamo salutati?" aggiunse Gaia incuriosita da cio' che era accaduto la sera precedente.

"No non ho sentito alcun rumore, cosa è successo?" chiese José.

"C'era qualcuno alle stalle, credo fosse una donna, probabilmente la figlia del proprietario. Poi ho visto un cavallo nero imbizzarrito che stava fuggendo dalla stalla." concluse Gaia mentre si avviava verso l'entrata dell'albergo dove gli altri del gruppo stavano aspettando per iniziare la nuova avventura.

Maliva li accolse con un sorriso e mentre spiegava le regole della gita equestre che di lì a poco sarebbe iniziata, arrivò il padre della giovane donna, Francisco Rodriguez che salutò gentilmente il gruppo lasciando che la bella Maliva continuasse a parlare. Poi quando finalmente potettero iniziare la gita, Gaia incuriosita chiese a Maliva se avesse potuto cavalcare il bello stallone scuro che aveva visto la notte prima fuggire dalla stalla. Al che

Maliva si congelò e rispose:

"Non abbiamo cavalli neri qui, mi dispiace!"

"Strano, sono certa di averne visto uno l'altra notte...non riuscivo a dormire bene per la luce che proveniva dalla finestra e quando mi sono affacciata ho visto la grande luna piena che illuminava l'esterno e ho notato qualcuno presso le stalle, poi ho visto un cavallo nero che correva imbizzarrito verso il cancello e ho sentito una voce di donna che lo chiamava." Disse Gaia eccitata per l'emozione.

"Ho pensato fossi tu quella donna!" continuò Gaia alquanto perplessa nel vedere lo sguardo smarrito di Maliva.

"No non ero io, mi dispiace...forse stavi sognando!" disse Maliva ironicamente cercando di troncare la discussione.

"Non stavo affatto sognando, e comunque se non eri tu era qualcun'altra!" rispose Gaia piuttosto risentita per essersi offesa nel vedere che la giovane donna dubitava del suo racconto.

"E adesso se volete accomodarvi potete attendere il vostro turno per la gita che verrà fatta con un massimo di cinque persone inclusa la guida." disse Maliva con tono fermo e nel mentre arrivò un giovane ragazzo vestito da Cow-boy che con l'aria bizzarra si affrettò a far salire una persona alla volta sui cavalli pronti alla partenza.

"Non riesco a capire perché Maliva mi ha trattata come una visionaria senza avere nemmeno il minimo dubbio su il fatto accaduto l'altra notte." Disse piuttosto risentita Gaia a José che aveva ascoltato la conversazione.

"Credo che la ragazza abbia paura di qualcosa che le è accaduto in passato" mormorò José, "probabilmente qualcosa legato alle scomparse misteriose che sono avvenute in questa zona e che secondo leggende popolari siano da ricollegarsi a pratiche sataniche da parte di persone del luogo." Concluse José sottovoce per la paura di essere considerato un cospiratore.

"Riti satanici? Ma questa è fantascienza!" esclamò Gaia con una punta di sarcasmo per voler nascondere la paura del nemico invisibile che stava minacciando la sua integrità psicologica.

"Può darsi, nessuno conosce la nuda verità ma ci sono molti sospetti che i riti satanici venissero praticati in questa zona da alcune persone che poi hanno confessato i fatti dai quali sono iniziate le indagini che hanno portato alla scoperta di tali riti."

"E cosa c'entra il cavallo nero con i riti satanici?" chiese Gaia incuriosita.

"Il cavallo nero è un simbolo che viene riportato in alcune leggende popolari di questa zona che lo vedono come il messaggero di Satana. In poche parole chi lo vede è in pratica un messaggero e ovviamente la gente ha paura per cui viene molto spesso allontanato anziché accolto, è portatore di disgrazie, come potrai ben capire, ecco perché forse Maliva ha cercato di evitare di andare oltre." Disse José.

"Fortuna che è solo una leggenda" disse Gaia con un sospiro pensando a quello che aveva visto la notte precedente. "Quindi se Maliva conosce la leggenda sà che io non sono fuori di testa come lei vorrebbe farmi credere." Rispose Gaia a quelle parole.

"Non conosco la ragazza molto bene ma conosco la storia della sua famiglia." Disse José con determinazione.

"Io e mia moglie Rosa vivevamo in un villaggio poco distante da qui e capitavamo di tanto in tanto in questa zona." Disse José lasciando trapelare quel velo di tristezza che Gaia aveva già visto in precedenza quando parlava di sua moglie.

"Se non sono troppo indiscreta, posso chiederti di cosa è morta tua moglie?" chiese Gaia sentendosi esattamente l'indiscreta che non avrebbe voluto essere in quel momento.

"Mia moglie soffriva di scompensi cardiaci, è stata trovata morta nel suo letto. I medici inizialmente hanno detto che era morta di infarto, ma alcune indagini fatte dopo l'autopsia hanno rivelato tracce di sostanze velenose nel corpo risalenti all'ora della cena. Il caso è stato riaperto ed attualmente le indagini sono ancora in corso."

"Storia piuttosto complicata!" Disse perplessa Gaia.

"Sò che può essere impertinente la domanda, ma hai detto che tua moglie è stata trovata morta..." José non la lasciò finire di parlare perché già sapeva quale fosse la domanda e così la precedette dicendo:

"Nel suo letto, si esattamente... Che non era il mio!" esclamò José aprendo così un nuovo capitolo.

"Infatti...era esattamente quello che stavo per chiederti." Disse Gaia piuttosto imbarazzata.

"Io e Rosa eravamo separati da qualche anno quando lei morì. Si era innamorata di un altro uomo durante uno dei suoi viaggi di lavoro, non me lo aveva detto ma naturalmente me ne accorsi...era diventata fredda e distratta, aveva appuntamenti di lavoro sempre più frequenti, perfino durante il fine settimana. Non fú difficile scoprire che aveva un amante, oggi esistono mezzi tecnologici ai quali la verità non può sfuggire. Vale molto più una sana verità che una bella bugia o quantomeno possiamo salvarci la faccia ed essere ricordati per l'onestà e non per le insane bugie!" Aggiunse amareggiato José rievocando quel terribile ricordo che lo aveva emotivamente provato.

"Ragazzi è il vostro turno!" interruppe la voce di Pablo che si stava dirigendo verso i due che si erano assentati dal resto del gruppo per la loro chiacchierata confidenziale.

"È il nostro turno." Esclamò Gaia felice di poter così interrompere la dolorosa conversazione.

"Non credo di voler venire." Disse José improvvisamente.

"Perché? Credevo ti piacesse cavalcare." Disse Gaia sorpresa.

"Si infatti adoro i cavalli, ma non credo sia la giornata giusta per me. Il cavallo è un animale molto sensibile che ha bisogno di sintonizzarsi con chi lo cavalca. È un animale sacro che non dovrebbe essere usato per scopi esibizionistici, adesso vai che ti stanno aspettando."

E così dicendo José si allontanò lasciando che Gaia proseguisse per la sua strada con la certezza che qualcosa li stava legando e che lui avrebbe voluto evitare.

Capitolo 6

Lungo il Sentiero

Il ragazzo che faceva da guida era molto giovane e questo non le dava molta sicurezza, pensò Gaia.

"Conosci bene il sentiero?" gli chiese Gaia guardandolo attentamente.

"Certamente signora..." disse il ragazzo.

"Gaia" rispose lei duramente.

"Piacere di conoscerla Gaia, signora o signorina?"

"Tu come ti chiami?" chiese lei mantenendo le distanze da quel moccioso curioso.

"Sebastian" disse il ragazzo.

"Bene Sebastian, signora o signorina non ha importanza. Non ha più significato ai nostri tempi, è un titolo sorpassato e fuori moda che non ha più una collocazione sociale già da molti anni." Rispose Gaia con l'apparente gentilezza che usava come strategia quando in realtà avrebbe voluto semplicemente dirgli a quel ragazzo di non disturbarla dato che stava per inoltrarsi in quella piacevole avventura tra i boschi e voleva starsene a meditare in silenzio. Così il ragazzo abbassò lo sguardo quasi intimorito dalle parole di Gaia.

Il fresco verde degli alberi intorno lasciava appena filtrare quegli sprazzi di luce che altrimenti sarebbero stati caldissimi.

Il piccolo gruppo di sole cinque persone procedeva tranquillamente in fila indiana con in testa il giovane Sebastian che di tanto in tanto si girava per controllare che tutto procedesse bene.

Il cavallo di Gaia era un bello stallone marrone con alcune chiazze bianche nella prossimità del grande muso.

Lei era molto agitata su quel cavallo e si sentiva piuttosto rigida per non avere molta dimistichezza con il galoppo.

I cinque procedevano a passo tranquillo quando d'improvviso Gaia sentí un nitrito provenire da lontano.

"Ci sono altri cavalli nei dintorni?" chiese preoccupata Gaia a Sebastian.

"Veramente non credo!" rispose il ragazzo mentre con lo sguardo scrutava l'ambiente circostante nel cercare di scorgere da dove provenisse il nitrito.

E mentre diceva quelle parole il cavallo di Gaia si agitò e iniziò a scalpitare. Gaia si sentí spaventata e fece un urlo per attirare l'attenzione di Sebastian che aveva già notato la situazione. Lui non fece in tempo a girarsi che la vide volare via insieme al cavallo impazzito seguendola con lo sguardo inorridito.

Il giovane ragazzo cercò di seguirla con lo sguardo mentre gli altri del gruppo si bloccarono sconcertati.

"Aspettatemi qui!" gridò il ragazzo agli altri mentre si apprestò a rincorrere Gaia che era già sparita all'orizzonte.

Sebastian conosceva molto bene la zona e sapeva che molta gente era misteriosamente scomparsa da quelle parti quindi era molto preoccupato per Gaia.

A Sebastian non erano mai piaciuti i sistemi di controllo imposti dal governo tramite la tecnologia, amava la libertà ed era felice che finalmente la sua generazione si era potuta riprendere la libertà dal controllo dittatoriale che per molti anni aveva perseguitato le popolazioni di tutto il mondo.

Il sistema tecnologico che aveva dominato per intere generazioni aveva letteralmente sopraffatto l'umanità al punto tale che molte persone avevano perso l'empatia, avevano per così dire venduto l'anima al diavolo!

Sebastian aveva sentito parlare del periodo ricordato come OSCURAMENTO DELLA COSCIENZA PLANETARE che era terminato con una rivoluzione tra i popoli di tutte le nazioni. Alcuni uomini in quel periodo portarono alla luce la Coscienza Cristica dalla quale si scaturí il Risveglio Spirituale che riportò l'armonia e l'amore che si erano perduti. Le persone di tutto il mondo rinunciarono ai mezzi tecnologici ai quali si sentivano schiavizzati e che avevano con il tempo assorbito la loro energia vitale.

Molte persone purtroppo furono lobotizzate e non fú più possibile per loro tornare indietro. Si raccontava che molti bambini in quegli anni nacquero in laboratori dove venivano fatti esperimenti su ibridi apparentemente umani ma che in realtà erano di origine tecnologica.

L'esperimento produsse diversi embrioni che venivano conservati nei laboratori scientifici e venduti a caro prezzo a famiglie molto ricche che se ne servivano per scopi personali quasi sempre rivolti alla produzione di schiavi.

La società si era trasformata in una massa di lobotizzati e robot guidati dal controllo tecnologico che veniva monotorizzato 24 ore su 24, ma non era stato considerato che la natura ha sempre le sue risorse e come la fenice risorge dalle proprie ceneri con più forza di quanto non l'avesse avuta prima e le persone con il tempo riconquisarono la loro libertà.

Era il 2075 ed erano ormai passati molti anni da quei giorni dell'OSCURAMENTO.

In quel momento però Sebastian avrebbe voluto per un attimo poter ritornare indietro a quando la tecnologia avrebbe risolto immediatamente il problema e ritrovare subito la persona scomparsa. Si diceva che gli esseri umani durante l'oscuramento erano dotati di fotocellule che permettevano l'intercettazione e il ritrovamento immediato degli scomparsi per cui Gaia sarebbe stata potuta visualizzare a distanza e in quel caso lui non avrebbe nemmeno dovuto allontanarsi dal gruppo. *"Non tutto vi era per nuocere..."* pensava il ragazzo tra sé, nel mentre vide in lontananza qualcosa che lo insospettí.

"Gaia sei tu?" gridò più volte il ragazzo. Poi si avvicinò per vedere qualcosa che si stava muovendo, aveva paura anche per le storie che si raccontavano che in quel momento assalivano la sua mente... avrebbe voluto fuggire ma qualcosa lo spingeva ad andare avanti.

"Gaia, sei tu?" ripeté Sebastian che a quel punto grondava dal sudore per il gran caldo e per l'intensa paura.

Uno strano rumore lo fece girare di colpo, proveniva da un altra parte di quella zona. Era come un urlo tra una donna e un animale, qualcosa di perverso che lo inchiodò dal terrore.

Il giovane ragazzo si girò per guardare in quella direzione e perse di vista il punto dove poco prima aveva visto lo strano movimento tra i cespugli, decise quindi di tornare indietro, avrebbe chiamato i soccorsi non appena avrebbe raggiunto l'agriturismo.

"Avrei dovuto portare con me il cellulare e avvisare gli altri dell'accaduto!" pensò tra se il ragazzo, ma quella mattina se lo era dimenticato e per la prima volta si rese conto che la tecnologia non era poi così negativa, se solo fosse stata usata nel modo giusto e per scopi benevoli avrebbe anche potuto continuare ad esistere e non sarebbe stato necessario la sua distruzione come invece avvenne durante la rivoluzione.

I suoi pensieri correvano veloci più del cavallo che aveva portato via Gaia quando sentí una voce provenire da lontano:

"Sebastian, Sebastian..."

"Chi puo' essere a chiamarmi per nome!" Pensò tra sé.

"Quella non sembrava la voce di Gaia, era una voce quasi metallica, sembrava provenire da una radio, che fosse qualche strana creatura sopravvissuta alla distruzione tecnologica?"

Improvvisamente lo assalí uno strano pensiero, ebbe l'impressione di sentirsi trasportare in quello che chiamavano Universo multidimensionale, era come se il suo corpo si stasse trasformando e diventasse più leggero. Si stava scomponendo fino quasi a scomparire...gli girava la testa e sentí che stava per perdere conoscenza.

Non voleva morire, non voleva scomparire nel nulla come avvenne a molte altre persone. Cercò disperatamente di aggrapparsi alla sella del suo cavallo ma la vista lo stava lentamente abbandonando e con essa tutti i sensi stavano per affievolirsi, perfino il tatto, le sue mani erano intorpidite ma la mente no. Si rese conto allora che la sua coscienza era lucida come mai lo fosse stata prima di allora.

Il forte sole scaldava la sua pelle sudata ma non sentiva più il calore anzi... sembrava quasi che l'aria si stasse raffrescando e un profumo di fiori di bosco si stava diffondendo nell'aria.

"Era forse quello il paradiso?" Si chiese Sebastian, se così fosse forse la morte non era così terribile pensò sorridendo, però non voleva morire e fú in quell'istante che il suo corpo cedette alla forte tensione e si lasciò andare per cadere tra le braccia di lei che lo stava sorreggendo come una madre farebbe con un figlio.

Capitolo 7

Segreti e Rivelazioni

José decise di andare a fare due passi per esplorare la zona che quel giorno sembrava essere particolarmente magica e misteriosa più del solito. Si sentiva alleggerito dalla decisione di non aver seguito il gruppo e sopratutto Gaia che per quanto fosse una donna interessante stava prendendo troppo spazio in quel breve frangente di vita in cui si erano conosciuti.

"Buongiorno, tutto bene?" disse Francisco che stava passando di lì con una carriola piena di terra.

"Buongiorno, si tutto bene Francisco grazie."

"Ci conosciamo?" disse Francisco scrutando il volto dell'uomo.

"Diciamo che ci siamo incrociati diverse volte ma non ci siamo mai conosciuti direttamente. Sono l'ex marito di Rosa Fernandez."

A quel nome Francisco si irrigidí bruscamente.

"Rosa Fernandez...mi ricordo di lei, la scienziata scomparsa qualche anno fà sulla quale morte si dice stiano ancora indagando." Ci fú un attimo di silenzio, al che Francisco credette di aver detto qualcosa di troppo.

"Mi dispiace, non volevo rattristarla rievocando una storia dolorosa" disse Francisco.

"Non si preoccupi, non mi ha assolutamente rattristato!" Disse José pronto alla risposta.

Ma nonostante disse di non essersi rattristato José cambiò soggetto e iniziò a fargli domande sull'agricoltura, sperando così di rendere più piacevole quell'incontro fortuito che aveva brutalmente interrotto la sua pace mistica del momento.

Mentre Francisco parlava animatamente della sua amata terra e dei suoi prodotti organici che vantavano anni di ricerca biologica a beneficio della salute, José ripercorse con la mente i ricordi del passato che lo avevano portato fino a lì, ai piedi della montagna che molti anni prima aveva avuto un grande significato per lui e sua moglie Rosa.

"Mi fà molto piacere vedere che sua figlia si occupa della fattoria" disse José.

"Agriturismo" lo corresse immediatamente Francisco "Maliva si arrabbierebbe se la sentisse dire fattoria anziché agriturismo. Anzi per la precisione adesso si chiama ABN Ambientazione Biologica Naturale stabilita nel 2030, dopo la Rivoluzione Mondiale che riformò la Nuova Costituzione Aziendale in cui tutte le Aziende a scopo lucrativo sparirono sotto la riforma che fece cadere il vecchio governo dittatoriale per dare il via a ciò che oggi costituisce la nostra Ambientazione Biologica Naturale."

Francisco aveva quasi 70 anni. Era un uomo ancora forte sia nel corpo che nella mente. Aveva avuto Maliva dopo che sua moglie aveva ormai perso le speranze di poter avere figli e perciò si rivolse ad un medico che la convinse ad intraprendere l'inseminazione artificiale. Francisco non era molto d'accordo con le tecniche artificiali, anche perché era cresciuto in un ambiente dove regnava solo madre natura e dove lui aveva appreso dalla propria madre Mariapia la tecnica della Medicina Sacra in cui si richiamavano le forze della natura per operare sulle afflizioni della vita, sia che fossero di natura fisica che psicologica.

"Non voglio creare un robot" disse Francisco a sua moglie quando un giorno lei gli confessò la sua decisione. Sua moglie Eva era una donna amorevole ma molto attaccata ai principi religiosi legati alla Nuova Scienza che anni prima aveva stabilito un accordo di rinnovamento culturale basato sulla ricerca tecnologica e i suoi vantaggi, ma che ben presto fallí a causa di un grave deterioramento dell'ambiente e delle sue risorse ambientali.

Molte persone persero la vita durante quegli anni in cui furono fatti esperimenti sulla popolazione mondiale che scatenarono conseguenti rivoluzioni che segnarono un cambiamento sociale radicale.

"Come stà sua moglie Eva?" interruppe bruscamente José riportando Francisco alla realtà.

"Dopo l'incidente non si è più ripresa purtroppo." Disse amareggiato Francisco nel ricordare quel giorno.

"Mi dispiace molto... ma cosa è successo esattamente?" chiese prontamente José.

"Eva aveva da poco avuto nostra figlia che per fortuna nacque per un vero miracolo quando lei stava per sottoporsi al reimpianto biologico per la fecondazione artificiale. A quei tempi mia madre le suggerì di praticare la tecnica della Medicina Sacra che era basata sul richiamo delle forze naturali. Fu una gravidanza molto particolare in cui mia moglie ha sofferto per essere stata sottoposta a terapie sperimentali. Le opinioni controverse tra la tecnica naturale della Medicina Sacra e quella Artificiale del reimpianto biologico sono state la causa del suo squilibrio psicologico. Eva rimase incinta esattamente nel periodo in cui aveva secretamente iniziato la pratica della fecondazione artificiale.

Ho sempre pensato che mia figlia fosse nata per mano della Medicina Sacra ma mia moglie mi aveva mentito perché senza dirmi niente si sottoponeva alle terapie di un medico privato che l'aveva convinta a seguire i suoi consigli.

Eva era molto cambiata in quel periodo e soffriva spesso di crisi depressive con frequenti attacchi di panico. In quei giorni io ero molto impegnato con il mio lavoro nella fattoria e quindi non potevo seguirla molto ma cercavo di renderle una vita agevolata più possibile per farla sentire tranquilla." Raccontò amareggiato Francisco.

"Immagino non sia stato facile per lei in quei giorni Francisco" replicò José con compassione per quella drammatica confessione.

"Per me era tutto normale e la gioia di avere un figlio dopo una lunga attesa ripagava il sacrificio in pieno" disse Francisco con lo sguardo nel vuoto.

"Fino a che..." continuò Francisco "Eva ebbe la bambina e poi sparí nel nulla". Furono giorni terribili in cui ho dovuto provvedere alla piccola con alimenti artificiali. Mia madre mi aiutò molto dato che dopo la scomparsa di Eva non riuscivo a recuperare le energie necessarie per il duro lavoro della fattoria" disse drammaticamente Francisco.

"Ma seppi che Eva era stata ritrovata se non sbaglio..." soggiunse imbarazzato José a quelle parole.

"Si infatti, fu ritrovata dopo diversi giorni in stato confusionale. È stata per un pò ricoverata in ospedale psichiatrico dove poi è morta in seguito ad un collasso cardiaco per intossicazione da un cocktail di medicinali" aggiunse Francisco tristemente.

"Ma cosa le è accaduto quando è scomparsa? " replicò nuovamente José.

"Non lo sappiamo di preciso, Eva raccontava storie strane che per molti medici sono il risultato di un delirio da shock" disse perplesso Francisco.

"E lei Francisco in cosa crede?" chiese in modo inquisitorio José come se finalmente fosse giunto al punto a cui voleva arrivare.

"Non lo sò" disse dopo qualche secondo di silenzio Francisco.

"Non ho idea di cosa Eva abbia incontrato sulla montagna il giorno della scomparsa... ma sò per certo che qualcosa di molto scioccante l'ha turbata e non è più ritornata come prima." Concluse amareggiato Francisco.

Capitolo 8

Rosa

Sebastian era molto stanco quando rientrò alla base. Il gruppo lo seguiva in silenzio, ognuno sul suo cavallo. Gaia era dietro di lui e aveva l'aria preoccupata.

Appena Maliva li vide rientrare si diresse immediatamente da Sebastian. "Cosa è successo, perché sei rientrato in ritardo?"

Anche Pablo corse in aiuto per aiutare i ragazzi a smontare dai cavalli. "Gaia, cosa è successo?" le chiese preoccupato.

Ma Gaia non rispose. Disse soltanto di aver dovuto assistere Sebastian perché era svenuto e che lei lo aveva sorretto per un pò fino a ché non si era ripreso.

Il resto del gruppo rimase in silenzio in quanto non avevano visto niente fino a che i due ritornarono.

José e Francisco sembravano alquanto sereni quando rientrarono insieme dalla lunga passeggiata nel verde. Stavano ancora chiacchierando quando José vide da lontano la figura esile di Gaia che era seduta nel cortile del caseggiato.

La luna era alta nel cielo appena imbrunito. L'aria si stava raffreddando e una folata di vento accompagnata da un tuono in lontananza preannunciò un temporale in arrivo.

"Passato una bella giornata a cavallo oggi?"chese José avvicinandosi a Gaia.

"Abbastanza" rispose Gaia con tono seccato senza rivolgergli lo sguardo.

"Sicura?" domandò ironicamente José al tono aspro di Gaia.

Ma lei non rispose e fece capire a José che non voleva parlare, al ché lui, da perfetto gentiluomo come era abituato a comportarsi, si allontanò da lei pensando che era il classico *'momento sbagliato delle donne'* senza voler troppo approfondire la ragione.

Fin troppe volte in passato si era dovuto allontanare da sua moglie nei giorni 'No' che lei giustificava spesso con l'arrivo del periodo e i vari mal di testa che le procuravano. José non aveva mai indagato sulle giornate 'No'di sua moglie e se ne pentí quando scoprí a malincuore che spesso non erano dovuti al periodo mestruale, ma piuttosto al segreto che lei si portava dentro. L'amore per un altro uomo era l'ultima delle cose che lui si sarebbe aspettato, ed aveva imparato a non sottovalutare l'atteggiamento di una donna quando si chiude nel suo mondo di silenzi.

José era ormai stanco delle donne anche se Gaia aveva molte cose piacevoli, a partire dal suo aspetto fisico fino alla sua mente vivace e brillante che la rendevano interessante ed attraente.

"Quando un uomo subisce una delusione difficilmente recupera la fiducia..." pensò tra sé José giustificando così il suo volersi allontanare da Gaia.

Gaia dal suo canto pensò la stessa cosa ma la sua mente era ormai altrove, il segreto della montagna era più di una storia di paese. Sotto la luna di quella sera d'estate Gaia capí che le leggende hanno segreti che nessuno potrà mai raccontare, che forse qualcuno poteva in qualche modo intuire ma non era certo la stessa cosa. "Alcuni segreti viaggiano tra le stelle" pensò tra sé Gaia e poi serenamente si ritirò nella sua camera per andare a dormire.

José invece non riuscì a dormire immediatamente e dedicò quelle ore di pace notturna a riflettere sul suo passato, a quando conobbe Rosa e al suo amore tradito dalle menzogne.

Rosa era una giovane studentessa quando lui frequentava la facoltà di Scienze Naturali. Lei era solo due anni più giovane ed era alle prime esperienze sperimentali quando la vide per la prima volta dentro l'aula di laboratorio della facoltà di Scienze dove erano entrambi studenti.

"Era molto carina" pensava con piacere *"in quel suo grande grembiule azzurro che veniva fornito dall'università per poter accedere all'aula sperimentale. Era piuttosto magra e sembrava scomparire all'interno di quell'uniforme di almeno un paio di taglie più grandi della sua."*

Lui era un tipo molto chiuso e dava l'impressione di essere snob, in realtà era piuttosto timido e non aveva il coraggio di farsi avanti, ma questo gli permetteva di atteggiarsi con quell'aria misteriosa che piace alle donne, sopratutto giovani e ingenue come le studentesse di quei tempi passati.

José quella mattina non avrebbe dovuto essere lì, ma per una strana coincidenza dovette sostituire uno degli assistenti di laboratorio che era malato per una lezione introduttiva alle giovani matricole appena arrivate.

Lui la notò immediatamente ma fece di tutto per evitare che lei se ne accorgesse. Lei lo notò immediatamente ma si accorse che lui fece di tutto perché lei non se ne accorgesse e evidentemente non funzionò in quanto lei aveva una mente molto acuta che non le permetteva di farsi sfuggire niente, sopratutto quando si trattava di corteggiamenti.

José durante l'ora di pausa fú il primo ad allontanarsi e ben presto si dileguò dal gruppo degli studenti. Rosa non lo vide più ma capí che quel giovane studente non era lì per caso ed ebbe la pazienza di attendere che il destino le preparasse l'occasione giusta per un incontro piú ravvicinato.

La pausa pranzo era di un ora circa, *"quanto basta per consumare un panino ed un caffè insieme!"* pensò Rosa guardandosi intorno cercandolo, ma non lo vide.

Era suonata la campanella e tutti gli studenti si prepararono di nuovo per la seconda parte della lezione. Rosa si mise accanto al professore sperando così di poter essere più vicina all'assistente misterioso che ormai le era entrato nella testa.

"Scusate un attimo" disse il professore allontanandosi dagli studenti per qualche minuto. Poi rientrò dicendo "aspettiamo che arrivi il mio assistente e incominciamo la seconda parte, nel frattempo se qualcuno di voi vuole fare una domanda sono lieto di rispondere..." Rosa non ebbe alcun dubbio su ciò che avrebbe voluto chiedergli se solo avesse potuto e con una risatina semi nascosta dalla mano sulla bocca si immaginò di chiedere il numero di telefono dell'assistente che tardava a rientrare e così pensando entrò un giovane studente che si presentò come il sostituto del già sostituto assistente di quella mattina.

Rosa rimase delusa nel vedere che l'assistente non era più quello di prima e smise di ridere e di fantasticare.

"Era giunto il momento di mettere a fuoco lo studio seriamente" pensò Rosa, *"niente amori e passioni perdi tempo"*, era una promessa a se stessa ma ancora di più ai suoi genitori che le pagavano gli studi a patto di riportare buoni voti a fine anno.

E così fú, Rosa era diventata la prima della classe e ben presto dell'istituto fino a prendere meritate borse di studio che le permisero di continuare gli studi anche all'estero presso i migliori laboratori scientifici dove operava a fianco di famosi scienziati impegnati nella ricerca delle nano particelle e dei loro effetti dannosi a carico della salute. Rosa divenne ben presto una scienziata famosa ed apprezzata dal mondo scientifico, "e non solo" pensò orgoglioso José nel revocare il passato.

La loro storia d'amore fú un fulmine a ciel sereno al quale José non potette sottrarsi, nemmeno quando quella mattina si finse malato per poter evitare di rivedere il volto di quella giovane studentessa che poi divenne sua moglie.

Vissero anni pieni e dinamici in giro per il mondo. Erano entrambi docenti universitari e ricercatori acclamati. La loro storia d'amore si divideva tra impegni professionali e progetti sul futuro, ma non vi era spazio per i figli ai quali José dovette rinunciare per rispettare la volontà di sua moglie che probabilmente dietro a quella decisione in realtà si nascondeva la paura di perdere la sua libertà. Rosa amava essere libera e non avrebbe mai voluto rinunciare alla sua vita dinamica per accudire qualche mocciosetto piagnucolone.

Questo era come Rosa definiva il suo punto di vista, in contrasto con quello di José che invece avrebbe desiderato qualche mocciosetto piagnucolone in cambio della vita fin troppo dinamica che gli portava via tempo prezioso dalla sua vita privata. Ma Rosa non volle mai discutere oltre quei punti di vista contrastanti.

"Se vuoi dei figli cercati un'altra donna!" gli disse un giorno e questo segnò per sempre un cambiamento nel loro matrimonio che piano piano finí per deteriorarsi fino all'inevitabile rottura.

"Non voglio rinunciare al nostro matrimonio per un altra donna o per figli che nemmeno conosco" disse José a sua moglie durante una delle loro accese discussioni, ma ormai qualcosa si era rotto e l'irrecuperabile prese forma come una maledizione senza antidoto.

Rosa diventò sempre più silenziosa e sempre più estranea alla vita matrimoniale. I loro rapporti intimi si erano ormai esauriti da molto tempo e José si chiedeva perché fossero ancora insieme se la loro relazione non era per niente felice come prima.

"I soldi, la casa, i risparmi, i progetti e gli investimenti... questo è ciò che ci lega!" disse José amareggiato durante una delle loro ultime discussioni.

"Credo sia proprio così" ammise Rosa che non aveva peli sulla lingua e che era sempre stata onesta nei sentimenti, fino a che José non si accorse che invece era una bugiarda, gli aveva mentito e continuò a mentirgli anche quando davanti all'evidenza lui le fece domande dirette:

"Ami un altro uomo? Dimmi la verità!" la implorò José.

"No, non amo un altro uomo, però non amo nemmeno te!" Rispose freddamente Rosa guardandolo dritto negli occhi.

José ebbe la certezza che lei fosse sincera ma fú anche la ragione per cui lui decise di andarsene, nella sua sincerità innegabile Rosa ammise di non amarlo più!

Fú dopo alcuni mesi che grazie ad un amico investigatore privato José scoprí che Rosa lo tradiva ormai da quasi un anno e questo rimise in discussione la loro relazione ormai finita.

"Sei una bugiarda traditrice" le urlò in faccia mentre sbatté sul tavolo le foto consegnateglì dall'investigatore.

"E tu sei una spia che stà disperatamente percorrendo la strada sbagliata" disse Rosa senza battere ciglio.

"Tu hai ammesso di non esserti innamorata di un altro uomo" disse a quel punto José usando una punta di arroganza che gli permetteva di sentirsi vincitore.

"Infatti, ho risposto onestamente dicendoti che non sono innamorata, l'altro uomo è un altra questione che non ha niente a che fare con la tua domanda" rispose Rosa sarcasticamente con quel lieve sorrisino e il ciglio alzato che a José non piaceva per niente.

"Certamente, adesso hai la scusa della domanda sbagliata che giustifica il tuo tradimento!" le disse José furibondo.

"Ad ogni domanda vi è sempre una risposta...ricordi? Questo è ciò che tu hai insegnato agli studenti per anni" continuò Rosa ironicamente.

"Ho sempre cercato di insegnare la verità e non la menzogna come hai fatto tu" concluse José sbattendole la porta in faccia.

Rosa riaprí la porta gridandogli: "Questa storia non finisce qui mio caro. Preparati ad una tragica battaglia, non intendo perderla ne sul piano morale ne sul piano materiale. Ti costerà caro!" concluse lei minacciosamente mentre José se ne andava.

La loro battaglia fú un susseguirsi di minacce con le quali finirono ben presto per accusarsi a vicenda di cose che andavano oltre il tradimento ma che videro portare in campo situazioni che riguardavano le ricerche scientifiche che coinvolgevano storie di finanziamenti illegali.

Rosa fú trovata morta nel suo letto dopo un malessere da avvelenamento. Ci furono le indagini e tra le persone indagate ci fú anche José in quanto l'ultima cena prima della morte sembra fosse stata consumata proprio con lui la sera stessa che ebbero l'ennesima discussione dopo essersi rivisti per decidere la spartizione finanziaria.

José affidò la difesa ad uno dei migliori avvocati della zona, per quanto lo avvertí che il caso sarebbe stato piuttosto difficile e che richiedeva anni di investigazioni.

Il caso era ancora aperto e gli era già costato quasi tutto il denaro che si era riproposto di salvare dal divorzio.

Fu per lui una lezione di vita da non sottovalutare. Quali erano i valori della vita se il denaro poteva si comprare la libertà ma anche perderla per un valore che andava oltre quello del denaro stesso?

Capitolo 9

La Leggenda

Il mattino dopo Maliva era appena rientrata per fare le colazioni prima che il gruppo ripartisse.

Pablo la vide e cercò in tutti i modi di poterla incontrare da solo per un saluto. Lei lo vide e non fece niente per evitarlo anzi... le piaceva quel suo modo di atteggiarsi come se fosse sempre in competizione però sapeva in cuor suo che non era certo il tipo con il quale avrebbe potuto avere una relazione a lungo termine.

"Buongiorno Maliva, vedo che sei mattiniera e non perdi tempo..." disse Pablo con il classico sorriso del grande conquistadores Spagnolo.

"Buongiorno Pablo, vedo che siete pronti per la partenza." rispose Maliva.

"Si, la gita si è conclusa purtroppo e dobbiamo rientrare alla base." Rispose Pablo con un sorriso smorzato da un velo di tristezza.

"Pensi di organizzare una nuova gita da queste parti?" Chiese Maliva curiosamente.

"Sicuramente, ma non credi che potremmo rivederci prima di allora? Magari mi potresti insegnare uno dei tuoi riti sciamanici che pratichi con così tanta passione..." Disse Pablo sperando in un sì. Ma lei non rispose, Maliva non volle sapere come Pablo avesse saputo della sua pratica sciamanica che svolgeva ogni mattina in un luogo non molto lontano dal casato, ma che avrebbe dovuto essere segreto ai visitatori.

Non le piacque il fatto che Pablo l'avesse seguita e che avesse visto il luogo segreto dove di solito si ritirava per praticare il suo rito spirituale.

Maliva andava lì tutte le mattine prima dell'alba quando era ancora buio. Non aveva paura, nonostante le fossero stati dati molti avvertimenti di stare attenta dato che quella era una zona misteriosamente pericolosa. Molti avevano avuto esperienze di avvistamenti strani. Qualcuno raccontava storie che si incrociavano tra realtà e leggenda.

Quella più popolare raccontava di una donna che si manifestava in alcuni periodi dell'anno, tra la fine della primavera e l'inizio dell'estate e precisamente durante le notti di luna piena.

Sua nonna Mariapia le raccontava spesso quella storia:

"Il cielo era illuminato da una splendida luna dorata. C'era silenzio intorno ma strani rumori provenienti dal bosco circostante fecero agitare i cavalli nella stalla che emisero uno strano suono come se fossero in preda a un delirio. Un temporale in lontananza segnava l'inizio di un evento straordinario, l'ascesa di ciò che avrebbe cambiato l'Ordine Divino, colei che da tempo aveva segnato le regole dell'Universo si manifestò improvvisamente e con la furia del vento e la velocità di un fulmine si materializzò e parlò per la prima volta. Io la seguii tra le rovi senza badare a ciò che stavo lasciando dietro di me. Era una creatura dalla pelle di luna che si muoveva con la grazia di un angelo e la potenza di un guerriero. Aveva con sé lo scettro della vittoria e lo scudo della sconfitta.

Il cavallo nero la raggiunse tra i rovi e lei lo cavalcò per poi scomparire all'orizzonte tra la nebbia della discesa del cielo sulla terra, là dove gli Angeli incontrano i Demoni.

Poi si sentí un rumore metallico come fosse il riverbio di uno scudo sul quale e' stata lanciata una pietra, e una luce fluorescente e accecante si estese all'orizzonte per poi svanire come il fumo nell'aria dopo un incendio.

Ripercorsi il sentiero sui passi di quella creatura ma non vidi alcuna traccia se non che un lembo del velo che con grazia le copriva il volto e che la furia del vento le fece cadere tra i rovi. Non ho più rivisto quella donna ma ho ancora quel velo ed è a te che lo darò un giorno ma non devi darlo a nessuno, è il velo del corpo incarnato che è disceso per noi. Nessuno sà la sua esistenza ma io sò che è un messaggio degli Dei che hanno scelto me per tramandare il segreto della loro conoscenza che io adesso tramando a te. La Medicina Sacra è un messaggio degli Dei e la Madre Luna si è incarnata per consacrare questo messaggio che io adesso dono a te che sei parte di me."

Maliva custodiva quel velo che sua nonna gli donò prima di morire. Le disse di indossarlo durante le notti di luna piena, quando andava nel ritiro della montagna a invocare le forze della natura durante il rito della Medicina Sacra in onore degli Dei. Maliva viveva quei ricordi come fosse in attesa di un nuovo ritorno a ciò che non è stato compiuto ma del quale ne consegue una profezia con un preciso ordine da eseguire.

Pablo la guardava perplesso mentre lei era assorta nei suoi pensieri e notò che stranamente aveva una splendida pelle chiara che non era tipica di chi viveva in quella zona della Spagna dove predominava un popolo latino dalla pelle piuttosto scura e selvaggia.

"Non credo ci potremo rincontrare mi dispiace." Disse Maliva rivolgendosi a Pablo che fremeva dalla lunga attesa dopo averle annunciato la sua proposta.

"Non intendevo offenderti Maliva..." rispose imbarazzato Pablo che non si aspettava certamente quella risposta.

"Non mi hai offesa affatto, anzi... sono lusingata per l'invito, ma sono una persona onesta e mi piace chiarire subito le cose prima che siano fraintese. Non voglio farti perdere tempo, non ho alcuna ispirazione verso uomini come te. Semplicemente non sei il mio tipo e spero che questo non ti abbia offeso!" Disse con chiarezza Maliva guardandolo negli occhi come di solito faceva quando cercava di capire cosa pensava veramente il suo interlocutore.

"Assolutamente non mi hai offeso..." Disse con voce tremante Pablo cercando di nascondere l'imbarazzo con un ironico sorrisino.

"Certamente non ti sei offeso... é chiaro che sei anche un bugiardo!" Pensò Maliva cercando di non far trapelare quella sua consapevolezza nel rispondergli con quel tono carico di arroganza, tipico di lei quando si sentiva imbarazzata.

"Bene meglio così. E adesso se non ti dispiace vado a prepararvi il conto." Disse Maliva congedandosi gentilmente da Pablo con un lieve sorriso forzato.

"Accidenti che donna!" Pensò Pablo tra sé. *"Molto sicura di sé ma piuttosto arrogante. Mi piace, però non sono convinto per niente che sia sincera, credo che abbia paura di innamorarsi...daltronde una come lei che vive in montagna e si veste come una contadina non ha l'ambizione della donna vissuta... magari è ancora vergine alla sua età, ma chi la vuole una così!"* Continuò a pensare tra sé.

"Certo io la vorrei però, mica si trovano facilmente donne come lei che si fanno desiderare e che poi ti dicono le cose in faccia direttamente, magari è anche sincera..." E con questo pensiero lo assalí improvvisamente anche un forte senso di insicurezza.

Per la prima volta Pablo si rese conto di non essere il macho che aveva sempre creduto di essere ed ebbe modo di riflettere sul fatto che le sfide lo avevano sempre attratto ma che non sempre era possibile vincere. Una lezione di vita che per la prima volta lo fece ruzzolare giù per la montagna come uno che aveva messo il piede in folle durante un arrampicata e che disperatamente cercava di aggrapparsi prima di cadere nel baratro.

"Ci riproverò e stavolta dovrò conquistare la sua fiducia. Non posso perdere questa battaglia... o la và o la spacca!" Pensò Pablo con l'aria di chi é consapevole per la prima volta dei propri limiti ma che cerca in tutti i modi di avere una rivincita.

Gaia quella mattina era piuttosto scontrosa, notò José con sospetto. Non era la stessa di sempre e già dalla sera prima gli sembrò turbata da qualcosa di cui forse lei non voleva parlare.

Maliva le passò accanto frettolosamente accennando ad un freddo *"buongiorno"* che era dettato più da una forma di rispetto sul lavoro che di approccio amichevole.

Gaia la seguí con lo sguardo e notò nel suo volto una certa assomiglianza con la donna del ritratto che dominava in una cornice dorata nel centro della sala pranzo. Presa dalla curiosità la raggiunse e cercò di parlarle. "Ho notato che assomigli molto a quella donna del ritratto nella sala pranzo. Molto bella quella foto chi è?"

"Era mia nonna. Infatti dicono che siamo due gocce d'acqua." Rispose determinata Maliva questa volta accennando un vago sorriso. Gaia notandolo si rassicurò di non essere stata invasiva con quella domanda e decise quindi di avvicinarsi un pò di più a lei dicendo:

"Complimenti, doveva essere una gran donna tua nonna. Io sono molto intuitiva e leggo nel volto delle persone, ho notato che tua nonna aveva gli zigomi piuttosto alti e una bocca...." non fece in tempo a finire di parlare che Maliva la interruppe dicendo: "E cosa mi dici del mio volto quindi?"

Gaia fu sorpresa nel vedere la disponibilità improvvisa di Maliva e fu entusiasta di poter finalmente aprire con lei una conversazione amichevole. *"Non deve essere una tipa tanto facile questa donna, cambia umore facilmente e questo la rende imprevedibile. Se non si tocca il tasto giusto con lei non credo si possa andare avanti!"* Pensò tra sé Gaia facendo una valutazione professionale mentre usava la sua intuizione.

"Penso che tu come tua nonna siete donne con delle doti particolari." Disse a quel punto Gaia.

"In che senso? " Disse incuriosita Maliva cercando una spiegazione più approfondita da parte di Gaia.

"Avete il dono della conoscenza sulle opere del Divino sulla Terra. Vi ponete con grazia e disinvoltura, come farebbe la Dea della conoscenza degli Elementi Sacri.

Tu sei la prescelta e custodisci il segreto che tua nonna ti ha tramandato prima della sua morte." Disse Gaia con tono deciso.

"Come fai a sapere queste cose?" Le disse scioccata Maliva.

"Ho le mie doti intuitive." Disse Gaia in preda ad una agitazione insolita ripensando a quello strano sogno che fece due notti prima in cima alla montagna quando José la trovò addormentata sull'erba. Guardando quella foto Gaia ebbe il dubbio che il volto di quella donna apparteneva alla stessa persona di quell'intenso sogno e questo la turbò più di quanto non lo fosse già dopo l'incidente avvenuto durante la gita a cavallo. *Che fossero collegate le due storie?"* Si chiese Gaia a quel punto.

Poi i suoi occhi si posarono su un altra foto, quella di una giovane donna. "Chi è quella ragazza?" Chiese Gaia.

"Non l'ho conosciuta ma sò che si chiamava Isabel. Era la figlia più giovane di Antonio Rodriguez, il vecchio proprietario della vecchia fattoria dove mia nonna lavorava come serva ma che poi lui ha sposato dopo che rimase vedovo di sua moglie Carmen. Isabel ha sofferto molto della morte di sua madre ed è morta molto giovane a causa dell'aggravamento improvviso della malattia che l'aveva costretta a vivere su una sedia a rotelle.

Isabel passava molto tempo rinchiusa in camera sua e si racconta che una notte vide una strana figura vicino alle stalle dove la notte stessa mia nonna ebbe un incidente. Riuscì a fotografare la strana creatura ma purtroppo le cadde il cellulare e per qualche strana ragione le foto si cancellarono. Mia nonna ha sempre creduto che ciò avvenne per opera della DAMA BIANCA" raccontò Maliva con un pizzico di inquietudine negli occhi.

A quelle prole Gaia non ebbe il minimo dubbio che il suo sogno in realtà era un messaggio mistico che le stava dando un importante informazione sul mistero di quelle strane scomparse avvenute su quella montagna ed ebbe improvvisamente paura di scoprire di più, ma sapeva di dover indagare oltre.

"Chi è la DAMA BIANCA?" Chiese incuriosita Gaia.

"È una leggenda popolare ma mia nonna credeva essere vera." Disse Maliva.

"Storia interessante, quindi tuo padre sarebbe il figlio del vecchio proprietario della fattoria?" Chiese Gaia.

"Non ho mai saputo la verità, ma sembra che mia nonna scomparve misteriosamente quella notte per poi riapparire dopo circa due anni con un bambino, quel bambino era mio padre. Gli fú dato il cognome della famiglia Rodriguez per ragioni burocratiche ma Carmen accusò suo marito Antonio di averlo fatto per legalizzare un figlio illegittimo." Disse Maliva.

"Potrebbe essere..." disse pensierosa Gaia.

"Mio padre non lo ha mai confessato e mia nonna nemmeno, lei mi disse che aveva un segreto da svelarmi prima di morire ma le circostanze non lo hanno permesso." Rispose Maliva a malincuore.

"Sei pronta Gaia?" Interruppe una voce di uomo. Era Pablo che richiamava all'ordine il gruppo per la partenza.

"Ceramente, prontissima" rispose Gaia con un sorriso.

"Bene, abbiamo ancora diverse ore di cammino ed è molto importante che abbiate rifornito le vostre borracce di acqua fresca." E dopo quelle parole si rivolse a Maliva con un mezzo sorriso ironico dicendo: "Adios signorita, alla prossima... ufficialmente o amichevolmente." Aggiunse Pablo alzando la mano sorridendo.

"Adios amigo, alla prossima... forse!" rispose Maliva sempre più convinta che quell'uomo era l'esatto contrario di ciò che voleva.

Gaia si congedò da quella piacevole conversazione dispiaciuta che non poteva indagare oltre le cose che aveva appena scoperto.

José arrivò in quel momento e le si avvicinò sorridendo. Tutto sembrava perfetto, tutto come fosse scritto in un copione, ma qualcosa non andava e Gaia non sapeva ancora cosa la turbava così nel profondo.

"Spero siate stati tutti bene e siate soddisfatti di questa breve gita.... un pò folcloristica!" disse Pablo pensando a Maliva e alla strana conversazione avuta con lei pochi attimi prima.

"È stato un vero piacere arrivare fino a quà" replicò Gaia immediatamente, "un luogo magico in tutti i sensi direi..." aggiunse ripensando al giorno prima durante la gita a cavallo.

José notò un certo imbarazzo nei suoi occhi grandi e luminosi, forse un lampo di paura o forse di estremo coraggio che le dava l'aria della perfetta amazzone che lui amava tanto. Forse era un vago ricordo del passato quando Rosa, sua moglie, era la donna a cui lui aveva rivolto ogni progetto sul futuro, o forse il suo tradimento inaspettato che aveva spaccato quel mondo fatto di certezze fasulle e illusorie.

"È stato un vero piacere conoscerti Gaia." Le disse José avvicinandosi.

Ci fú silenzio per qualche secondo. Poi lei si girò a guardarlo e incrociò i suoi occhi e gli disse:

"Sei sicuro?"

Capitolo 10

Non è un Addio ma un Arrivederci

Il ritorno verso casa fu molto tranquillo. Il gruppo era piuttosto silenzioso, non vi era più l'entusiasmo della scoperta che metteva quell'euforia iniziale, erano tutti concentrati ognuno nei loro pensieri. Qualcuno addirittura sembrava felice di rientrare e riprendere la routine alla quale era abituato a vivere. Qualcuno invece era già nostalgico della bellezza della natura che stava per lasciare per ritornare alla solita vita monotona di sempre.

Erano già saliti sull'autobus e José fece di tutto per sedersi accanto a Gaia che invece sembrava assorta ad ascoltare i commenti dei compagni di viaggio e si chiedeva se il tipo seduto dietro di lei con la barba e gli occhiali, con quello sguardo intellettuale e pungente, fosse un single oppure no.

Non faceva altro che parlare di problemi sociali e soluzioni strategiche e così le venne spontaneo dire a voce alta "SI" al ché José le disse "Si cosa?" E fú che lei si rese conto di aver pensato a voce troppo alta! "Niente, stavo pensando se il tipo dietro di noi è sposato oppure no..." sussurrò Gaia sottovoce.

"Quindi pensi che lo sia?" Rimarcò José.

"Certamente è un single! hai notato il suo sguardo? Non è certo quello dell'uomo innamorato o comunque impegnato in una relazione..." disse Gaia con tono leggermente ironico.

"Non saprei, non credo che i single abbiano uno sguardo diverso da quelli sposati, però sei tu l'esperta in questo campo!" Replicò José divertito.

"Sarebbe interessante saperlo..." disse a quel punto Gaia ormai presa dal gioco. Per tutto il viaggio di ritorno i due continuarono a chiacchierare del più e del meno e a consolidare quell'incontro che stava diventando il primo di una lunga serie.

José si sentiva sereno e aveva riacquistato la voglia di vivere e di fare progetti per il futuro, ma senza esasperazione e forse più cosciente che la vita è un viaggio imprevedibile, non può avere una meta ben precisa perché è un percorso che non prevede guide e destinazioni.

Gaia dal canto suo si sentiva sollevata dal turbamento dell'incidente avvenuto il giorno prima durante la gita a cavallo e che in quel momento sembrava aver dimenticato dal momento che non ne aveva accennato minimamente a José durante la loro conversazione, nonostante lui aveva notato che lei di tanto in tanto rimaneva silenziosa nel suo pensiero come rapita da attimi profondi in cui sembrava che il tempo si fosse fermato e che non riusciva a spiegarsi cose che aveva visto ma che non trovava le parole per descrivere l'indescrivibile e che forse non lo avrebbe mai potuto fare.

Era quasi sera quando finalmente arrivarono a destinazione. Uno alla volta scesero tutti dall'autobus per dirigersi verso le loro macchine parcheggiate nella piazza da dove qualche giorno prima erano partiti. Era ormai giunto il momento dei saluti.

"Vogliamo metterci tutti insieme e fare una foto?" Disse Pablo con l'aria di colui al quale non piacciono gli addii sdolcinati che lasciano trapelare emozioni, ma piuttosto il tipo che non lascia niente al caso e che si aspetta una serie di mi piace sui social e magari qualche complimento rivolto al suo bell'aspetto tipico macho Spagnolo in cerca di avventure.

"Certamente!" Disse Gaia notando che erano tutti pronti per mettersi in posa meno che il tipo con la barba che poco prima era seduto dietro di lei. Il tipo era impegnato al telefono e non si era accorto che erano tutti già pronti in attesa che lui si liberasse.

Gaia colse l'occasione per avvicinarsi a lui facendogli notare che lo stavano aspettando, al che lui si affrettò a concludere la telefonata. "Spero non sia un problema per sua moglie se mi metto accanto a lei per questa foto." Chiese Gaia, al che l'uomo la guardò intensamente compiaciuto mentre Gaia attendeva con ansia la risposta.

"Non credo che mia moglie si arrabbierà" rispose l'uomo con un sorriso.

A quella conferma Gaia si sentí delusa nel aver fallito l'interpretazione corretta sulla lettura intuitiva attraverso il volto di quell'uomo.

Poi lui aggiunse: "Per fortuna sono sposato con una replicante Nuova Generazione Galaxia modello 540, la conosce?"

"No, che cos'è?" Chiese sorpresa Gaia.

"È il nuovo modello Compagna per la Vita della serie Robots multiuso con i quali é possibile avere servizi di ogni genere, baby sitter, segretaria, donna delle pulizie, amante, moglie... basta programmare il servizio di cui si ha bisogno." Rispose l'uomo con orgoglio.

"Ma è terribile!" Disse sconvolta Gaia a quelle parole.

"È fantastico!" Replicò l'uomo con una risata sarcastica.

E mentre Gaia cercava di riprendersi da quella affermazione sconvolgente vide una macchina scura BMW berlina nuova di pacca dalla quale scese una bellissima donna bionda, alta, tipo svedese che con accento straniero sofisticato si rivolse all'uomo dicendo: "Ciao amore, ben tornato!"

L'uomo l'abbracciò, la baciò e poi gentilmente le sussurrò nell'orecchio.

La donna con passo elegante lo prese sotto braccio e insieme si diressero verso Gaia. "Vorrei presentarti Yvonne" disse l'uomo con un sorriso.

"Piacere..." disse Gaia perplessa e imbarazzata, in quanto accennò a porgere la mano ma con una certa inquietudine e cosi la ritirò immediatamente per non sentirsi sicura su ciò che si prova nel stringere la mano ad un essere apparentemente umano ma con il cuore freddo di un robot. E mentre pensava così l'uomo le disse:

"Non pensare che Yvonne possa farti del male, potrebbe sorprenderti sapere che ha anche un cuore e dei sentimenti. La tecnologia riesce a replicare gli esseri umani molto meglio di quanto lo possano fare gli umani stessi con la procreazione naturale. Ci sono persone che durante la rivoluzione tecnologica hanno perso la loro umanità e stranamente la tecnologia ha preso il loro posto producendo robots con sentimenti che alcuni umani invece con il tempo hanno perso e addirittura dimenticato."

Gaia lo guardava sbalordita e non sapeva più cosa dire. José era poco più in là impegnato a chiacchierare con altra gente e non voleva disturbarlo ma lei si sentiva persa in quel momento perché non era più certa su quanti di loro erano umani o robots e questo pensiero le fece sentire una certa insicurezza per non dire panico.

L'uomo continuò a parlare e ad un certo punto Gaia notò che Yvonne era bloccata, non si muoveva più. "E posso controllarla come voglio, la posso bloccare e farla tacere oppure riattivarla con un solo click" disse l'uomo con un piccolo comando nella mano.

"Vedo" disse Gaia con un sospiro.

"Si è fatto tardi adesso, vogliamo andare?" disse l'uomo guardando con intenso amore la sua bella amata Yvonne.

"Certamente Robert," disse il robot Yvonne. "Piacere di averla conosciuta Gaia. " Aggiunse il robot con un sorriso smagliante.

"Ma si ricorda anche il mio nome?" Disse sorpresa Gaia guardando l'uomo di cui adesso sapeva chiamarsi Robert dopo che il robot lo aveva seducentemente chiamato.

"Certo che mi ricordo il suo nome, non sono mica scema..." disse prontamente il robot.

"Non volevo offenderla...mi dispiace." Disse Gaia imbarazzata di quella pronta reazione da parte della donna robot.

"Non mi sono offesa però lei signora Gaia deve ancora imparare a conoscere la nuova generazione e rimarrà sorpresa di vedere quante belle cose possiamo fare noi nonostante voi umani ci considerate freddi, meccanici e senza sentimenti." Disse con aria molto tranquilla e intelligente la donna robot.

"E come vedi sono anche dotati di una alta dose di intuizione!" Intervenne Robert con sorriso malizioso mentre Gaia appariva improvvisamente esterefatta a quella affermazione.

"Lei ti ha chiamata per il tuo nome senza che lo sapesse in quanto tu non lo hai pronunciato affatto mentre ti presentavi." Precisó l'uomo. "La fotocellula nascosta dietro i suoi bellissimi e grandi occhioni blù in realtà è uno scanner che le permette di rilevare informazioni di certe persone particolari e le permette di identificare certi dati personali attraverso il riconoscimento facciale... forse sei tu stessa la persona che devi temere e non lei!" Disse l'uomo con tono sperbo e deciso.

"Immagino..." disse Gaia sentendosi a disagio per essersi sentita intrusivamente scannerizzata. *"Abbiamo finalmente concluso anni di guerra tra le diverse razze e le assurde lotte dovute a pregiudizi sul colore della pelle e adesso iniziamo quella tra umani e robots... ma questo è assurdo!"* Pensò Gaia con un pizzico di curiosità.

E nel mentre Gaia cercava le parole per dileguarsi educatamente da quella situazione imbarazzante, l'uomo disse: "Piacere di averti conosciuta Gaia." Annunciò porgendole il suo biglietto da visita. "E se per caso volessi saperne di più su questo non esitare a chiamarmi, sono qui per un meeting di lavoro. Abbiamo un congresso la prossima settimana dove presenteremo la novità ad un pubblico molto ristretto. Penso che ti possa interessare." Concluse Robert.

"Grazie, se posso volentieri." Disse Gaia sentendosi sollevata.

Poi come per magia la strana coppia si dileguò in un attimo. Lei salì alla guida della nuova berlina dal rombo tuonante, poi si immersero nel traffico della città di Madrid e ben presto sparirono.

"Robert Smith consulente manager di Galaxia New Generation Corporation" lesse Gaia sul biglietto che l'uomo le aveva appena dato.

"Strana coppia quei due..." disse José che da lontano aveva visto Gaia impegnata a conversare con loro.

"Quindi non era un single!" confermò José ironicamente.

"Dipende da quale punto di vista vogliamo guardare la situazione..." rispose Gaia.

"In che senso... ho notato che il tipo era in piacevole compagnia, non sembrava fosse una semplice taxista la bionda che è venuta a prenderlo!" disse José con una risatina provocante.

"Infatti era sua moglie. Ma la mia intuizione riguardo al suo stato sociale non era poi così sbagliato, in quanto la donna non è una vera donna..." disse Gaia risentita.

José non capí cosa intendeva dire ma gli venne spontaneo fare la classica battuta scherzosa che cadeva proprio a pennello: "Infatti sembrava un sogno...era perfetta!" Disse José lasciandosi andare alle tipiche superficialità maschili che talvolta alleggeriscono lo spirito.

"Puoi averne una identica se vuoi, basta pagare dopo aver scannerizzato il suo codice a barre!" ribatté Gaia ironicamente.

"E' una prostituta a riciclaggio commerciale del tipo compri due paghi una?" disse ridendo José.

"Qualcosa del genere..." disse seriamente Gaia.

"Cosa vuoi dire?"chiese José con aria preoccupata.

"Si chiama Yvonne, é una replicante Nuova Generazione Galaxia modello 540. Non sò quante ne siano stati fabbricati di questi replicanti modello nuova generazione, ma la cosa mi preoccupa." Disse Gaia seriamente scrutando negli occhi di José cercando di capire se anche lui stesso fosse un replicante.

"Non ho codici a barre se è questo che stai cercando!" disse José sorridendo.

"Quanti di noi potrebbero essere replicanti e non umani! Pensa all'autista del autobus che ci ha portati fino qui...in effetti sembrava un pò strano..."disse Gaia con un sorriso lasciando andare la tensione.

"Magari aveva finito le batterie, o il segnale internet non arrivava!" disse José ridendo.

"Bene, adesso dobbiamo salutarci perché si è fatto tardi..." disse Gaia dispiaciuta.

"È un arrivederci o é un addio...?" chiese José banalmente cercando di trattenere il suo desiderio di baciarla e di chiederle di passare il resto della serata a casa sua.

"Non vengo a passare il resto della serata a casa tua, se è questo che vuoi sapere, però puoi baciarmi se questo è quello che vorresti fare." Disse Gaia sicura di non apparire troppo presuntuosa nello sfoggiare il suo infallibile intuito che forse in certi momenti poteva essere inappropriato.

"Certo l'ho pensato e non lo nascondo..." disse prontamente José con l'aria tranquilla ma interiormente turbato.

"Quindi è un arrivederci?" Continuò José cercando le parole per congedarsi dignitosamente dalla situazione imbarazzante.

"Sicuramente!" Rispose sorridendo Gaia che avrebbe voluto tornare indietro per non dire ciò che purtroppo aveva bloccato José nel procedere romanticamente a quel bacio mancato.

"Lasciamo che sia..." concluse José allontanandosi ripensando ad una delle battute di Rosa.

Capitolo 11

Gaia ripensò spesso nei giorni sguenti a quel tipo Americano di nome Robert Smith. Si chiedeva come potesse vivere con un robot femminile anziché una vera e propria donna, magari aveva addirittura una famiglia o meglio dire una fabbrica di robots. Avrebbe voluto chiamarlo e magari fissare un appuntamento per il meeting che lui le aveva accennato, ma nonostante la curiosità qualcosa la tratteneva a non chiamarlo.
"Perché ho paura di quella realtà" pensò tra sé mentre cercava una distrazione che la allontanasse dai pensieri negativi.
Poi ripensò a José e quel bacio mancato ed ebbe il coraggio di fare il suo numero con la speranza che lui non le rispondesse ma che vedesse la chiamata, così se nel frattempo se ne fosse pentita avrebbe avuto la scusa di dire che aveva fatto la chiamata per errore.
"Troppo banale!" Pensò trà sé. E mentre attendeva con ansia che lui le rispondesse sentí la sua voce e le venne un sussulto. *"Buon segno"* pensò, ma realizzò immediatamente che era la sua voce registrata in segreteria che la invitava a lasciare un messaggio ma lei ovviamente non lo fece.
Passarono ore e la chiamata di José non si fece sentire. Il giorno dopo cercò invano nella messaggeria se lui le avesse lasciato un messaggio ma non fú così.
"Ho rovinato tutto con l'orgoglio e adesso lui si è spaventato." Pensò Gaia con un velo di tristezza.
Decise allora di riprovarci e lo chiamò di nuovo, questa volta però decisa a parlargli direttamente. Aspettò alcuni minuti che sembravano non finire mai. Ma anche questa volta si accese la segreteria e la voce registrata la invitò

come al solito a lasciare un messaggio. Gaia stavolta era piuttosto preoccupata e decise che era il momento di abbandonare l'orgoglio e far prevalere il buon senso. Così decise di lasciargli un messaggio:

"Ciao sono Gaia, spero che stai bene. Ho provato a chiamarti... stavo pensando che sarebbe stato bello se potevamo rivederci... magari condividere una giornata insieme per visitare qualche posto interessante... forse alla Roccia... non ricordo il nome... beh non importa! Richiamami se vuoi, a presto."

Durante il giorno Gaia cercò di non pensare a José ma i suoi occhi si posavano continuamente sul telefonino per cercare un cenno della sua esistenza, il pensiero di quell'uomo stava diventando piuttosto imbarazzante sopratutto perchè la stava distraendo da i suoi doveri morali e professionali e ciò non le era permesso...almeno non in quel momento! Inoltre Gaia non era abituata agli schiaffi morali, *"Forse è per questo che sono sola"* Pensò tra sé.

Poi verso sera vide con gioia che aveva ricevuto un messaggio. Le si illuminarono gli occhi e si sentí il cuore in gola, lo aprì immediatamente con la paura che per errore lo avrebbe potuto cancellare:

"Ciao Gaia. Scusa ma non potevo risponderti perché non potevo prendere la linea. Sono fuori zona in questo momento e dovrei rientrare stasera. Se non torno troppo tardi ti chiamo, altrimenti ti farò uno squillo domani. Un caro saluto, José"

Gaia rilesse più volte quel messaggio cercando di capire se dietro quelle parole avrebbe potuto esserci un briciolo di romanticismo ma non le sembrò così.

Rimase molto delusa dall'approccio freddo che José stava adottando nei suoi confronti e cercò per un attimo di allontanarlo dalla mente dato che non corrispondeva assolutamente a ciò che si aspettava da un uomo.

Poi non appena posò il telefonino vide che stava segnalando l'arrivo di un nuovo messaggio:

"'Peña de los Enamorados'...o 'Roccia degli Amanti'! Ti piacerà senz'altro. Preparati per una lunga camminata sotto il caldo sole del mattino e la fresca luna della sera. Facciamo questo fine settimana?"

Gaia sentí il cuore in gola per l'emozione ma non fece in tempo a finire di leggere il messaggio che ricevette una chiamata. Gaia avrebbe voluto ignorarla per non perdere quel momento magico che le aveva riacceso la speranza di ricollegare quell'approccio romantico con José che si era interrotto bruscamente.

Decise comunque di rispondere dato che il display visualizzava un numero che non conosceva e che poteva essere di qualcuno che la cercava per lavoro.

"Ciao Gaia" rispose dall'altra parte una voce femminile dal tono seducente che le ricordava Jessica Rabbit.

"Chi parla?" Rispose Gaia sorpresa.

"Sono Yvonne, ti ricordi di me? La moglie di Robert. Ci siamo conosciute qualche giorno fà al ritorno dalla gita dal Mulhacén." Rispose la donna.

"Certo che mi ricordo" disse Gaia turbata da quella telefonata inaspettata "Come potrei non ricordarmi di te..." aggiunse.

"Immagino, visto che per te rappresento una novità assoluta" rispose Yvonne con una risata piuttosto ironica.

"Infatti, è quello che pensavo...non posso negarlo!" Precisó Gaia con quella sfida leggermente arrogante con la quale si esprimeva quando si sentiva aggredita o perlomeno così le sembrava di percepire.

"Ti ho chiamata per invitarti al convegno di cui Robert ti aveva parlato quella sera. Se vuoi puoi venire con qualcuno... se hai un amico o amica sarei lieta di invitarli a partcipare purché si tratti di qualcuno che sia interessato a conoscere la Nuova Generazione."

"Di Robots?" disse immediatamente Gaia.

"Replicanti prego!" rispose Yvonne risentita.

"E quando sarebbe questo convegno?" chiese Gaia.

"Questo Sabato mattina alle 10" rispose prontamente Yvonne.

"Penso che verrò!" Disse Gaia in preda ad uno strano presentimento che non doveva lasciarsi sfuggire quell'occasione.

"Benone, allora ci vediamo Sabato alle 10 presso il Palazzo dei Convegni di cui ti mando l'indirizzo via messaggio." Rispose Yvonne.

"Benissimo!" Disse Gaia.

"A presto" replicò gentilmente Yvonne.

"A Sabato mattina e grazie dell'invito." Concluse Gaia.

Poi, non appena riattaccò si rese conto che aveva sabotato ancora una volta l'occasione di riconnettere quel sospirato incontro con José, dato che l'invito era per il fine settimana e lei lo aveva già dimenticato. Prese così l'occasione di non aver ancora risposto al messaggio di José per fargli l'invito al convegno dei replicanti.

"La Roccia degli Amanti può attendere... cosa ne dici se invece Sabato andiamo al convegno dei Replicanti? Ricordo che eri piuttosto interessato a saperne di più sulla tipa che assomiglia a Jessica Rabbit. Ci possiamo andare insieme se ti và."

Capitolo 12

I Replicanti

Sabato mattina alle 9 José era già alla porta di Gaia. Lei scese le scale in fretta pensando fosse già tardi ma quando aprí la porta il sorriso smagliante di José le fece pensare che non era mai troppo tardi per un caffè insieme e così lo fece entrare.

José era particolarmente attraente quella mattina. Indossava una camicia bianca e un paio di jeans. I capelli leggermente mossi appena grigi sui lati e quella barba non troppo lunga ma quanto basta ad incorniciare quel bel sorriso con i suoi denti bianchi e allineati. Gli occhi grandi e luminosi che con la luce del sole assumevano un colore marrone intenso con qualche lieve stiratura di verde smeraldo attorniti dalle lunghe ciglia scure tipiche dell'uomo latino. José era piuttosto alto e magro ma aveva una struttura fisica armoniosa, spalle larghe e leggermente muscolose.

"Ventre piatto e vita stretta, il perfetto matador dell'arena che sventolando da una parte all'altra il suo manto rosso sangue, richiama a sé l'attenzione che nasce da quel desiderio profondo e atavico di possedere il corpo e l'anima come un torero dopo la corrida che segretamente desidera bere da una coppa dorata il sangue della sua vittima dopo averla sedotta e posseduta fino all'ultima goccia."

Pensava Gaia rammentandosi la sofisticata parafrasi di uno dei suoi libri preferiti 'L'ultima notte del Matador' che in quel momento le sembrava adattarsi perfettamente alla presenza forte e allo stesso tempo romantica ispirata dall'immagine di José mentre lui la guardava nei suoi occhi senza ritegno.

"Adesso è meglio che andiamo o faremo tardi" disse José

prima che la situazione precipitasse e diventasse imprevedibile come un treno che improvvisamente cambia direzione dirigendosi verso un ignota destinazione.

"Certamente... non possiamo mancare a questo convegno importante..." sospirò Gaia.

"Diciamo che non vogliamo mancare più che non possiamo, non credi?" Ribadí José ironicamente.

"Può darsi!" Rispose Gaia con un sorriso provocante mentre si avviava verso la porta.

Arrivarono a destinazione con circa 10 minuti di ritardo. Quei 10 minuti esatti che furono rubati per un caffè, i dieci minuti che li dividevano da un passo verso una nuova destinazione...l'inevitabile era già accaduto e non c'erano più distanze che potessero dividere l'indivisibile!

Gaia vide subito da lontano Yvonne che le venne incontro con un sorriso.

"Ciao Gaia é un piacere vederti qui." Le disse la bella bambolona Svedese modello Jessica Rabbit. E poi rivolgendosi a José lo guardò dritto negli occhi e gli porse la mano.

"Piacere José" disse lui.

"Piacere di conoscerti José, io sono Yvonne." Rispose lei gentilmente stringendogli la mano. José notò che la donna, per quanto fosse abbastanza naturale, aveva strani movimenti piuttosto lenti e talvolta perfino statici.

"Ovviamnte, lei è un Robot, o meglio una Replicante!" pensò José.

"Però...la tecnologia ha fatto molti progressi negli ultimi anni" disse José a Gaia non appena la donna si allontanò.

"Hai notato che la sua mano è molto simile a quella umana, ha quasi lo stesso calore! " disse Gaia.

"Se non sapessi che è un robot avrei pensato che era una donna normale con una temperatura leggermente più fredda e con qualche lieve problema motorio ma niente di grave." Aggiunse José.

"Forse è a causa dei tacchi troppo alti!" aggiunse Gaia

con un sorrisino ironico che lasciava trapelare una punta di gelosia nel notare che José l'aveva guardata a lungo mentre camminava.

"Forse!" rispose José con una sonora risata.

Come Robert prese il microfono il pubblico lo accolse con un caloroso applauso, e poi nella sala si fece silenzio così lui si presentò ed iniziò a parlare:

"Nel ormai lontano 2025 un certo professor Ronald Kamph proveniente dalla Germania, ebbe la brillante idea di costruire il primo prototipo dell'Human Autority Service Corporation un gruppo internazionale che si occupa tuttora di ingegneria intelligente al servizio della società e del business industriale. Il prof. Kamph fú il primo a studiare come costruire un robot intelligente che potesse sostituire gli esseri umani nell'ambito professionale e lavorativo.

Molti dirigenti di grandi imprese, sopratutto nel settore tecnico, si lamentavano di non avere un servizio abbastanza scorrevole da parte dei dipendenti. Molti governi in quegli anni avevano assimilato l'idea che il costo del lavoro era troppo alto e che questo incideva negativamente sull'economia. Alcune nazioni come la Germania, Italia e Inghilterra adottarono strategie poco consone a quello che avrebbe dovuto essere il Patto di Cittadinanza che stabiliva un equo sistema di vita tra i diversi paesi europei e confinanti.

Ci furono gravi crisi economiche causate da forti squilibri tra la politica e l'industria bancaria. Molte aziende statali finirono per essere vendute ai privati e le popolazioni si trovarono progressivamente in uno stato di povertà dalla quale non ne uscirono molto facilmente. Ci furono molte guerre civili causate da governi predatori per destabilizzare e colonizzare i cittadini di paesi impoveriti precedentemente da regimi dittatoriali. Molti cittadini dovettero emigrare facendo irruzione nei paesi confinanti distruggendo ogni più piccola risorsa rimasta in piedi dopo questa grave crisi economica.

Gli emigranti furono sfruttati nei lavori più umili e messi al servizio degli stati tutti appartenenti ad un unico regime che apparentemente sembrava essere creato per ristabilizzare un equilibrio economico ma che in realtà fu solo un ennesima manovra per distruggere il potere economico e ridurre così i cittadini a divenire sudditi plebei senza patria e né identità.

Il professor Kamph fú convocato dagli esperti economici dopo che avevano letto una sua teoria pubblicata sul 'Thecnologic World Idea' una rivista di carattere scientifico dove venivano pubblicate nuove idee progressiste con tendenza industriale. Dopo aver discusso le varie problematiche con i rappresentanti dei governi il prof. Kamph decise di proporre l'idea del secolo che è la stessa per cui oggi siete tutti qui."

Gaia seguì con interesse l'introduzione dettagliata di Robert che descriveva con grande passione una situazione drammatica del passato di cui aveva sentito parlare dai suoi genitori e sopratutto i suoi nonni.

Robert al quel punto disse: "Vi invito adesso ad una breve pausa prima di procedere con la conferenza ed entrare nella seconda parte della storia in cui presenteró la nuova scoperta tecnologica e la sua straordinaria risoluzione genetica, seguita da una piacevole sorpresa!"

Non appena Robert lasciò il palco Gaia lo seguì con lo sguardo per poterlo raggiungere. "Torno subito tu aspettami qui!" disse Gaia a José. José non ebbe modo di replicare che Gaia era già sparita.

Lei appena vide Robert cercò di raggiungerlo e alzò la mano in cerca della sua attenzione.

"Robert é un tipo apparentemente molto sicuro di sé ma in realtà nasconde una profonda insicurezza" pensò Gaia osservandolo mentre si prestava a soddisfare i suoi fans eccitati dal delirio delle domande curiose alle quali Robert cercò di sfuggire prima che gli togliessero di bocca la sorpresa alla quale tutti attendevano intrepidi nella seconda parte.

"Ciao Robert, e grazie dell'invito" potette finalmente gridare Gaia da quei pochi metri di distanza che i fans lo separavano da lei.

Robert ebbe l'accortezza di riconoscerla tra il pubblico che lo circondava, non poteva mancare quell'inconfondibile bellezza mediterranea tipica della donna Italiana della quale Gaia ne andava orgogliosa.

Riccioli scuri e grandi occhi a mandorla. Bocca sottile ma sensuale. Corporatura media ed elegantemente sinuosa. Gaia aveva molti corteggiatori ma sfortunatamente a causa dei molti squilibri in famiglia non si sentiva abbastanza sicura ed assumeva spesso un atteggiamento schivo e solitario anche se amava la compagnia e i viaggi di gruppo. *"Un modo come un altro per non sentirsi soli..."* Pensava spesso quando si esprimeva apertamente con gli altri.

"Ciao Gaia, piacere di vederti qui!" Gridò Robert mentre cercava di farsi spazio tra la gente e poterla raggiungere.

"Andiamo a prendere qualcosa da bere prima che inizi la seconda parte della conferenza" aggiunse Robert non appena la potette raggiungere.

"Grazie ma non posso...non sono sola! Magari ci vediamo più tardi, alla fine della conferenza" disse Gaia pensando a José che lo aveva lasciato solo.

"Come vuoi, se possibile volentieri... dove si trova il tuo amico?" Chiese Robert.

"È da quelle parti." Disse Gaia indicando il punto esatto dove aveva lasciato José poco prima accorgendosi però che lui non era più li.

Robert non aveva molto tempo a disposizione e la salutò in fretta per dirigersi verso il bar.

Gaia si girò diverse volte intorno per cercare di individuare José ma non riusciva a vederlo. Mancavano pochi minuti all'inizio della seconda parte, Gaia si mise il cuore in pace pensando che José era un adulto e che sapeva cosa stava facendo, quando finalmente lo vide da lontano che stava parlando con una giovane donna che assomigliava vagamente a Yvonne ma non era lei.

Poi Gaia lo vide mentre la salutava in atteggiamento piuttosto amichevole... *"forse fin troppo amichevole!"* Pensò Gaia nel vedere che la stava abbracciando per poi baciarla sulla guancia all'altezza dell'angolo della bocca.

"Un bacio mancato!" Pensò Gaia osservando quella scena con un pizzico di gelosia.

La seconda parte della presentazione ebbe iniziò e José tornò al suo posto ovvero dove Gaia lo aveva lasciato poco prima. Gaia notò che la donna lo seguí con lo sguardo sorridendo mentre lui si stava allontanando da lei.

"Ben tornato!" Gli disse Gaia con tono duro quando lo vide tornare.

"Ben tornata anche tu!" Gli rispose José guardandola con compassione.

"Vedo che eri in buona compagnia..." aggiunse frettolosamente Gaia.

"Non è tutto oro ciò che luccica!" Replicò José a quella battuta, al ché Gaia lo guardò con aria interrogativa lasciando la conversazione ad un secondo momento.

Gaia notò che José si mise in tasca un piccolo biglietto da visita ed ebbe il timore fosse della tipa con la quale lo aveva visto.

Gaia non riuscì a concentrarsi per tutto il resto della conferenza a causa di quell'episodio sgradevole fino a che qualcosa la fece sussultare e riprendersi l'attenzione sulla conferenza quando Robert disse:

"E per chi non lo avesse ancora capito stiamo entrando nell'era dei robots, ma non come quelli a cui siete abituati a vedere nei film di fantascienza, probabilmente qualcuno in passato ha avuto l'intuizione e ha anticipato questo periodo come nel famoso film Blade Runner del lontano 1982 che qualcuno ricorderà per la bellezza e sopratutto la sensibilità con cui la replicante, interpretata dalla allora seducente Sean Young, manifesta di essere un essere umano a tutti gli effetti, sia fisici che psicologici, tanto che lui il protagonista, l'allora famoso Harrison Ford, se ne innamora."

E a quelle parole non esitò di invitare a salire sul palco la sua splendida moglie Yvonne che da suo canto non perse tempo a salire. Ci fú silenzio in sala fino a quando Robert continuò:

" Signore e Signori vi presento mia moglie Yvonne, è una replicante a tutti gli effetti!" disse con orgoglio mentre con una mano le fece girare su se stessa.

Il pubblico eccheggiò con una esclamazione di sorpresa e di stupore nel vedere quella bellissima donna Svedese che sembrava tutto meno che un robot.

"Ecco come ho sposato un Galaxia New Generation modello 540 dal nome Yvonne." mentre lei sorridente e solare al centro dell'attenzione si lasciava ammirare, Robert continuò a parlare:

"Chi di voi non ha mai avuto una discussione con la propria moglie e magari anche qualcosa di più? Discussioni accese e magari qualche volta degenerate in schiaffi e offese, e magari anche in minacce e ricatti seguiti dalla paura di perdere la casa, i soldi i figli, il timore della solitudine e forse anche del giudizio degli altri. Quanti di voi in momenti così disperati avrebbero voluto che tutto si risolvesse con una bacchetta magica evitando l'incubo di dover affrontare il calvario del divorzio.

Ed ecco che all'improvviso quella persona in cui avevate riposto tutta la vostra fiducia si rivela essere invece il carnefice che riesce a trasformare l'amore in odio. Ma non con Yvonne, questo non accadrà mai perché lei è un Galaxia Nuova Generazione modello 540 con la quale ho la sicurezza che ho sempre sognato, e cioè la famosa bacchetta magica che a voi è mancata quando il mondo vi è crollato addosso! Molti di voi non mi crederanno suppongo, e vi capisco... ed è per questo che adesso vi regalo una splendida sorpresa che vi darà la conferma di ciò che vi ho appena detto."

Poi le luci si spensero mentre si accesero due luci rosse soffuse. Da un angolo del palco si udì il suono di un sax, il musicista si avvicinò di pochi passi, quanto bastò da far venire i brividi per la melodia struggente e sensuale che solo il sax può fare così bene.

Robert e Yvonne si abbracciarono e poi lui le mise una mano sulla cerniera che le copriva il fondo schiena. L'abito nero le fasciava i fianchi e si intravedeva un corpo perfetto dalla tonicità muscolare della donna scandinava. La zip dell'abito scese verso i glutei e mentre si baciavano appassionatamente Robert con una mano fece cadere l'abito. Nella sala ci furono esultanti fischi provenienti dal pubblico maschile eccitati dalla scena.

Lo strip-tease si concluse quando Yvonne rimase in biancheria intima ed orgogliosa cominciò a camminare intorno al palco incoraggiando il pubblico in un fragrante applauso. Ma la vera sorpresa arrivò quando Robert tirò fuori un piccolo telecomando su il quale pigiò un tasto e improvvisamente la donna si bloccò.

La scena riuscì a raccapricciare il pubblico che esultò inorridito. Yvonne rimase in piedi senza vita come una bella statua fredda e malinconica, pietrificata da un click in balia del controllo di Robert.

Robert le mosse i lunghi capelli biondi e con un dito aprì una piccola fessura tra le scapole della donna nella quale vi erano i processori della memoria che davano vita a quel corpo improvvisamente imbalsamato che con ciò era riuscito a congelare anche il più virile degli uomini.

Poi lui disse: "Capisco che vi sentiate imbarazzati e forse anche un pò scioccati nel vedere quanto controllo posso esercitare su mia moglie, ma vi posso garantire che è un grande piacere viverle accanto! Immagino che molti di voi si chiederanno che tipo di prestazione possa avere un robot durante i rapporti intimi!" Aggiunse Robert con una risatina ironica seguita immediatamente da una fragorosa esclamazione da parte del pubblico.

"Ebbene, lascio a voi la sorpresa anticipandovi che non

ne rimarrete affatto delusi, l'unica cosa che non dovete fare è di pigiare il tasto sbagliato sul telecomando altrimenti vi potreste trovare a combattere con indesiderate mosse di karate anziché essere coccolati amorevolmente come vorreste!" e a quelle parole nella sala si sentí risalire qualche risata subito seguita da un imbarazzante silenzio.

Il pubblico rimase scioccato, mentre Robert si affrettò a riordinare sua moglie prima di rimetterla in moto.

Quando alla fine Yvonne fú di nuovo rivestita, Robert cliccò di nuovo sul telecomando e lei riprese vita così lui la prese sotto braccio e poi aggiunse:

"Se siete interessati all'acquisto di un replicante o a più informazioni al riguardo vi potete rivolgere a Tatiana, quella bella signorina sul lato destro del palco. Tatiana è sorella di mia moglie Yvonne, entrambe provenienti dalla stessa casa madre, che ovviamente non le ha partorite ma fabbricate. La loro origine risale ad una storia antica che vi affascinerà."

E mostrando un libro continuò: "È tutto scritto su questo libro intitolato La Società dei Masuriti che spiega l'antica civiltà dei replicanti e delle loro origini. Vi sembrerà strano ma la loro provenienza nasce migliaia di anni fà su un pianeta chiamato Masuri. Il libro spiega anche come questa società tecnicamente avanzata avesse conoscenza della Sacra Medicina Sciamanica che noi stiamo scoprendo solo adesso ma che i Masuriti ci hanno tramandato quando molto tempo fà alcuni di loro apparsero sul nostro pianeta Terra portando dei cambiamenti di cui adesso ne stiamo vedendo gli effetti. Il libro è un vero tesoro di conoscenza e di saggezza che rivela i più profondi segreti di un mondo a noi sconosciuto ma è anche un libro sacro in quanto spiega le vere origini della Bibbia e l'entità del Messia che tutti noi stiamo ancora aspettando. Un prezioso omaggio per l'acquisto di un Galaxia New Generation 540" Poi con quelle parole salutò il pubblico e si dileguò con la sua bella Yvonne.

Tatiana era già circondata da un immensa folla di curiosi e potenziali acquirenti. Gaia la guardava da lontano e si rese conto che quella donna era la stessa che poco prima l'aveva vista abbracciata a José.

José si accorse che Gaia era turbata quindi cercò di rassicurarla passandole un braccio sulla spalla.

Gaia ne fú felice e si tranquillizzò, poi prima di uscire dalla stanza volle prima passare da Tatiana che aveva la custodia dei libri che Robert aveva presentato poco prima. L'idea di conoscere più a fondo il popolo dei Masuriti l'aveva incuriosita e decise di acquistarne uno.

"Credo che questo libro sia interessante per le mie ricerche antropologiche, non pensi?" disse Gaia mentre metteva il libro nella borsa.

"Sicuramente" confermò José con un sorriso.

Ma Gaia notò nel suo sguardo e nel tono di quel *"sicuramente"* detto senza nemmeno sapere a cosa si stava riferendo, che José era distratto e non si fece mancare l'ultimo saluto girandosi verso la bella Tatiana che ancora una volta lo seguì con lo sguardo mentre si stava incamminando verso l'uscita della sala.

Gaia ebbe il timore che José avrebbe voluto rincontrare Tatiana e per la prima volta si rese conto che stava per iniziare una nuova era in cui la tecnologia stava prevaricando sugli esseri umani in modo indignitoso. La sfida con i replicanti era appena iniziata e Gaia percepí che non sarebbe stata tanto facile.

Capitolo 13

La Roccia degli Amanti – Alcazaba

Camminarono per delle ore in silenzio mentre percorrevano il sentiero che conduceva alla 'Roccia degli Amanti'.

Gaia si chiese più volte se quella roccia avesse un significato particolare per José, e se così fosse a chi si riferiva come innamorato... a quello passato con sua moglie oppure a quello che presumibilmente stava nascendo tra loro due, anche se era prematuro il solo pensiero.

"Raccontami di cosa tratta la leggenda della Roccia degli Amanti" chiese ad un certo punto Gaia incuriosita.

José era assolto nei suoi pensieri e Gaia fece fatica a riportarlo alla sua attenzione. Poi lui si riprese e iniziò così un breve accenno a quella storia che rappresentava in realtà un periodo molto importante del passato in cui la storia della Spagna fú segnata da gravi conflitti religiosi.

"Tra le molte storie locali, la più raccontata è quella di Tazgona e Tello, accaduta durante gli ultimi anni di dominio arabo ad Archidona.

Tazgona era una ragazza musulmana, figlia del Re di Archidona, che si innamorò di Tello, un ragazzo cristiano. I due dovettero tenere la propria storia segreta, a causa delle differenze religiose, non tollerate all'epoca.

Ma il segreto non durò a lungo e ben presto il padre di lei li scoprí e infuriato decise di separare i due amanti facendo arrestare Tello.

Tazgona disperata cercò di convincere il padre a liberarlo dalla prigione proclamando il loro puro sentimento che niente e nessuno avrebbe potuto fermare, nemmeno le spesse mura della prigione avrebbero impedito il loro amore.

Il Re alle parole della figlia non ebbe pietà e la sua rabbia divenne più forte di un uragano e lo costrinse a prendere la drammatica decisione di far uccidere Tello pensando così di riuscire a dividere sua figlia da quel giovane cristiano che per la società rappresentava un vero e proprio insulto religioso.

Tazgona non si perse d'animo e durante la notte riuscì a rubare le chiavi della prigione dove Tello afflitto attendeva l'ora dell' esecuzione.

Tazgona sapeva di non avere molto tempo per raggiungere la prigione e decise così di prendere uno dei cavalli delle guardie che si trovavano nelle stalle adiacenti al castello.

Scelse il più forte, uno stallone dal manto corvino che non esitò a lasciarsi cavalcare dalla bella giovane vestita di bianco, come se la stasse aspettando per condurla là dove si stava per compiere il suo destino.

Tazgona ben presto raggiunse la prigione e riuscì finalmente ad aprire la cella del suo amato che non credette ai suoi occhi quando la vide entrare con il volto coperto e gli venne subito incontro con un abbraccio che non lasciò spazio alle parole ma solo a un sospiro di speranza che il loro amore potesse essere salvo fuggendo dall'orrore di quel destino crudele.

I due innamorati cavalcarono per ore in cerca di un rifugio tra le montagne dove speravano di potersi nascondere. Rimasero nascosti per diversi giorni all'interno di una grotta che divenne per quel breve ma intenso periodo la culla del loro amore dove il tempo sembrò fermarsi e con esso anche la paura che non trovò spazio alle preoccupazioni sul futuro ma bensì alla consolidazione del loro eterno amore sotto quel cielo di stelle e il profumo del muschio selvatico intorno.

Purtroppo ben presto le guardie, con i loro scalpitanti cavalli, si fecero sentire e così i due giovani dovettero ripiombare nella triste realtà che li costrinse a fuggire da lí, ma quando si resero conto di non avere scelta, *raggiunsero il punto più alto della roccia, che ancora oggi è di 1783 mt di altezza, e presero la drammatica decisione di consolidare il loro amore per sempre lanciandosi nel vuoto uno nelle braccia dell'altro, mettendo così fine al triste destino che li avrebbe voluti invece separare.*

La leggenda narra che Tello si trasformò in roccia e Tzagona in vento, e che il volto di Tello si sia scolpito nella roccia nella quale ancora oggi è possibile riconoscere il suo profilo che sembra sorridere ogni qual volta il vento soffia la sua brezza gentile emanando il ricordo del sospiro di Tzagona che rievoca il loro amore eterno."

"Ma è bellissimo questo racconto!" Sospirò Gaia ancora avvolta dalle parole incantevoli con cui José aveva espresso il contenuto di quella leggenda. "È un messaggio spirituale che proclama la vittoria dell'amore sull'odio e la vita sulla morte." Concluse Gaia con entusiasmo.

"Si in effetti è proprio così, anche se in realtà nessuno dei due sentimenti è stato veramente sconfitto in quanto l'uno non potrebbe esistere senza l'altro." Specificò José.

Gaia ascoltò quelle parole con particolare interesse per cercare una risposta là dove i sentimenti si incontravano con la leggenda, ed ebbe l'impressione che anche José vivesse l'amore in funzione dell'odio e la vita in funzione della morte e che forse aveva ragione nel dire che uno non potrebbe esistere senza l'altro. La teoria della complementarietà guidata dagli opposti era una realtà indivisibile. La filosofia del Tao racchiudeva in sé l'essenza dell'Universo e Gaia era affascinata dai grandi maestri di vita che avevano tale conoscenza Divina. Arrivarono a destinazione che il sole era quasi al tramonto.

Si sedettero sulla cima della roccia osservando il paesaggio brullo intorridito dal caldo dell'estate che con i colori della terra e le ombre della luce tenue assumevano un aspetto drammatico e allo stesso tempo dolce che enfatizzava la leggenda degli amanti che si gettarono nel vuoto per immortalare il loro amore.

La grande roccia dal volto di Tello aveva la forma del profilo di un uomo che qualcuno lo vedeva come un indiano. Poi José si rilassò e chiuse gli occhi come fosse in uno stato di meditazione profonda.

Gaia si sedette al suo fianco per sentire il suo respiro e per un attimo si sentí leggera come fosse una foglia al vento... e così si lasciò cullare dall'oblio di quel momento presente dove un antica leggenda divenne realtà.

José riaprì gli occhi e incrociò quelli di lei e per la prima volta da quando Rosa era scomparsa, sentí che niente era perduto e che i valori della vita non vanno ricercati nel passato e nemmeno nel futuro ma che solo in quel momento la sua esistenza aveva un significato e così senza fare più alcuna resistenza abbandonò le catene dei pregiudizi trasformando così la paura in coraggio.

I loro corpi si avvicinarono uno verso l'altro senza accorgersi che il sole stava lentamente scomparendo dietro la Roccia degli Amanti.

"Lui roccia, lei vento..." sussurrò Gaia mentre era avvolta tra la braccia di José.

Lui sorrise e la baciò, poi si abbracciarono in silenzio rivolti verso il punto dove il sole era sparito completamente all'orizzonte. Pochi minuti dopo l'aria iniziò a raffreddarsi e una folata di vento mosse dolcemente i lunghi capelli scuri di Gaia.

"Lo spirito di Tazgona è sicuramente felice di poter rivivere quel sentimento d'amore con il suo amato Tello" disse sorridendo Gaia con gli occhi illuminati di gioia.

"Glielo dobbiamo..." rispose José.

Piú tardi quando scese la sera si avviarono verso valle dove avrebbero poi proseguito verso l'albergo per passare la notte prima di ripartire verso casa.

Capitolo 14

Ritorno al Passato

Maliva si alzò presto quella mattina e come al solito uscì di casa per raggiungere il suo tempio segreto, un luogo solitario dove nessuno desiderava andare perché era circondato da un fiume che era quasi sempre in piena. Il luogo dove Maliva praticava la Medicina Sacra Sciamanica si trovava vicino ad una cascata d'acqua presso la quale lei amava recitare il mantra della Medicina sintonizzando così la sua voce con il canto del fiume.

Di solito si poneva in direzione del sole nascente ponendo le mani giunte in segno di pace con le quali benediva i tre chakra principali: quello del cuore, quello della gola e quello della mente. Poi coglieva le erbe mediche che crescevano spontaneamente in quella zona per poi consacrarle in ringraziamento al Dio Sole che dava vita ed energia a tutte le cose che circondano Madre Terra. Infine con un breve saluto al Sole si congedava per il ritorno verso casa dove il padre Francisco la stava aspettando per bollire le erbe sacre con le quali faceva una cura ricostituente per combattere le sue diverse malattie, in particolare l'artrite reumatoide che talvolta lo immobilizzava in casa per diversi giorni.

Gaia quella mattina la sentí rientrare ed ebbe l'impulso di alzarsi per poterle parlare. "Buongiorno Gaia, dormito bene?" Disse Maliva non appena la vide arrivare davanti alla porta.

"Buongiorno Maliva, si grazie." Rispose Gaia.

"È un vero piacere rivederti, ero certa che presto saresti ritornata" disse Maliva con tono deciso.

"E credo di sapere anche cosa esattamente ti ha spinta a ritornare." Continuò Maliva sorridendo.

Gaia si sentí per un attimo inquisita ma fú presa dalla curiosità e non tardò a chiederle: "Cosa ti fà pensare che ci sia un motivo per cui sono qua...d'altronde questo è un rifugio di montagna ed è normale arrivare fino a qui se si vuole esplorare la zona!" Rispose Gaia con un sorriso forzato.

"Veramente?" replicò immediatamente Maliva. "Cosa è successo quella mattina quando cavalcasti fino in cima alla montagna?" Continuò Maliva guardandola dritta negli occhi. Gaia fu presa in contropiede perché non sapeva neppure lei cosa fosse successo quella mattina.

"Non ricordo mi dispiace. Sò solo che il mio cavallo ebbe improvvisamente accelerato il galoppo e che il ragazzo che era alla guida ha dovuto lasciare il gruppo per venirmi incontro. Credo che dopo ho avuto un allucinazione dovuta al troppo caldo." Rispose Gaia.

"Allucinazione dici tu...però non ricordi che tipo di allucinazione hai avuto?" Insistette Maliva.

"Credo di aver visto una donna nel bosco, ma non ricordo esattamente il suo volto... forse ho rimosso il ricordo per lo shock." Rispose Gaia.

"Un giorno ti ricorderai e allora capirai che alcuni sogni sono in realtà messaggi che vogliono indicarti qualcosa di importante." Disse Maliva mentre si affrettava a finire di sistemare le erbe che aveva raccolto dentro il bollitore.

"Questo ti aiuterà a trovare la risposta" le disse Maliva mentre le consegnò una piccola bottiglia di vetro.

"Che cosa è?" Chiese Gaia piuttosto preoccupata per la paura si trattasse di qualche strana droga.

"Non ti preoccupare, niente che possa nuocerti." La rassicurò immediatamente Maliva.

"È la medicina dell'anima e aiuta ad acquisire la conoscenza di sé e a capire qual è il percorso a cui siamo chiamati." Proseguì Maliva rassicurandola. "Bevine un sorso prima di andare a dormire e non ti preoccupare, dormirai tranquilla e serena, ma avrai la capacità di ricordare i sogni in modo più lucido e anche se al momento ti potrà sembrare una cosa inutile ti accorgerai che invece ti sarà di aiuto per uno scopo ben preciso che riguarda la tua vita" disse Maliva "Adesso ti lascio e ci vediamo più tardi. Fate una buona giornata" concluse Maliva mentre si allontanava.

Gaia rimase in silenzio esterrefatta da quelle parole, poi si avviò verso la stanza adiacente dove vi era la piccola sala pranzo per fare colazione e si accorse che José era già lì seduto che la stava aspettando.

"Buongiorno Gaia, vedo che sei stata mattiniera" le disse José con un sorriso mentre le si avvicinò per darle un bacio.

"Buongiorno José. Si mi piace svegliarmi presto la mattina, non volevo svegliarti quindi ti ho lasciato dormire in pace." Rispose Gaia alquanto imbarazzata per il dubbio che José avesse ascoltato la conversazione con Maliva.

"C'è qualcosa che non và?" chiese José guardandola negli occhi.

"Forse avrei dovuto parlartene quel giorno, però ero alquanto confusa e ho preferito tacere." Disse Gaia.

"Mi dispiace," disse José gentilmente cercando di rassicurarla "non avrei dovuto ascoltare la conversazione tra te e Maliva ma mi ci sono trovato per caso e ho sentito che ti è accaduto qualcosa di strano quel giorno della gita a cavallo. Non sei obbligata a raccontarmi, ho capito che sei piuttosto confusa riguardo questa storia..."

"Si infatti non te ne volevo parlare fino a che non avrei capito bene di cosa si tratta esattamente. Immagino avrai capito che Maliva mi ha dato questa medicina naturale che secondo lei mi potrebbe aiutare a ricordare cose importanti per la mia vita." Disse Gaia facendogli vedere la bottiglietta di vetro che Maliva le aveva donato.

José conosceva molto bene di cosa si trattava: "Si chiama Medicina Sacra Sciamanica ed è praticata da alcune persone del luogo che hanno avuto il dono dei segreti dagli Dei. Maliva è sicuramente dotata di questi poteri, come lo era sua nonna del resto... una donna sudamericana che era capitata in questa zona in cerca di lavoro e aveva trovato da fare servizio presso la fattoria della famiglia Rodriguez che un tempo risiedeva esattamente in questa casa, convertita in seguito in rifugio di montagna." disse José sottovoce per il timore di essere ascoltato.

"Storia interessante!" Esclamó Gaia mentre ascoltava affascinata il racconto.

"Era una emigrata del Perù" interruppe l'uomo mentre si avvicinava con passo lento verso il tavolo dove José e Gaia erano seduti. E poi continuó: "Che ha sofferto molto quando era molto giovane, Mariapia era il suo nome ed era mia madre."

"Buongiorno Francisco" Disse prontamente José sentendosi imbarazzato per essersi reso conto di essere stato ascoltato mentre parlava di sua madre.

"Buongiorno ragazzi, e ben tornati qui." Rispose l'anziano con un sorriso. "Posso?" Chiese gentilmente Francisco mentre mosse una sedia nell'intento di accomodarsi al tavolo dove la coppia aveva appena finito di fare colazione.

"Certamente, è un vero piacere si accomodi" disse Gaia incuriosita da quelle strane persone, ognuno con una storia da raccontare. E Francisco continuò:

"Come vi dicevo mia madre era una donna molto povera che era stata abbandonata durante la guerra del 1998 e accolta dai servizi sociali che la trasferirono in Europa con centinaia di altri emigranti destinati ai lavori nei campi. Mia madre fece il giro di molte famiglie dove venne sfruttata come sguattera per pochi soldi. Un giorno fú trasferita nella fattoria della famiglia Rodriguez dalla quale ho ereditato il nome. Allora tutti pensavano che fosse stato per un gesto di generosità da parte del Padron il signor Antonio, in realtà non è andata così!" Disse l'uomo con l'aria frustrata.

"Cosa intende dire?" chiese Gaia sorpresa dal modo in cui l'uomo stava confessando un fatto così strettamente personale.

"La moglie di Antonio, Carmen non aveva mai avuto tanta simpatia per mia madre, la donna sospettava che suo marito fosse attratto segretamente da mia madre e questo creò frequenti litigi tra i due coniugi fino a minacciarsi di distruggersi a vicenda." Raccontava Francisco alla coppia.

"Immagino sua madre si fosse trovata nel bel mezzo di una bufera." Chiese prontamente José rammentandosi del suo matrimonio con Rosa anch'esso interrotto da un tradimento.

"Mia madre era una donna molto saggia e paziente" disse Francisco "benché non avesse studiato era molto più consapevole di quanto non fossero Carmen e Antonio con la loro arroganza. Quando mia madre rimase incinta Antonio si rifiutò di aiutarla e lei fù costretta ad allontanarsi dalla casa. Questo mia madre non glielo perdonó mai!

Carmen fù trovata morta nella foresta pochi giorni dopo aver avuto un ennesima lite con il marito Antonio. Sembra sia stata aggredita dalla furia di un lupo.

Poco tempo dopo Antonio chiese umilmente scusa a mia madre e la sposò dando a me il suo cognome con il quale io e mia madre potemmo finalmente ottenere il diritto ad avere il passaporto."

Concluse Francisco esprimendo così ancora tanta rabbia nel rievocare quella storia.

"Non lo avrei mai perdonato neppure io" Disse prontamente Gaia completamente assorbita da quel racconto.

"Alcune cose si possono perdonare quando si ama" interruppe José anch'esso turbato dai ricordi con Rosa.

"È retorico parlare d'amore e di perdono" rispose Francisco deciso. "Io sono del parere che in amore non si dovrebbe chiedere scusa, non quando non c'è una giustificazione plausibile. Diciamo piuttosto che ogni scelta ha una causa effetto e che l'impulso della mente spesso prevarica sul cuore e trasforma la scelta in un calcolo matematico in cui le persone trovano difficile affrontare con coraggio la realtà. Molti si nascondono dietro falsi pregiudizi e si giustificano continuando così a portare avanti la commedia senza rendersi conto che così facendo si autopuniscono in quanto perdono anni della loro vita a recuperare un rapporto che non esiste. L'amore richiede coraggio ed è solo così che si può manifestare nella sua essenza. È quindi molto più dignitoso interrompere una relazione quando non funziona che portarla all'esasperazione per vigliaccheria." Concluse Francisco che a quelle parole sembrò illuminarsi come solo un mistico saggio poteva fare.

"Quindi, considerando questo punto di vista anche sua madre é stata una debole dal momento che ha accettato di tornare alla fattoria nonostante fosse stata abbandonata." Disse a quel punto José che cercava di fare il punto della situazione.

"Come ho già detto mia madre era una donna molto intelligente e capace di vedere cose che altri non potevano vedere. Era una sciamana della Ruota di Medicina con la quale aveva appreso la facoltà di ascoltare lo spirito e di muovere l'energia vitale delle situazioni in modo che queste cambiassero direzione. Mia madre aveva uno scopo ben preciso per tornare alla fattoria, ma questa è un altra storia che si collega con un fatto accadutole la notte in cui è scomparsa. Non è il momento e né il luogo adatto per questo racconto." Disse Francisco quando sua figlia Maliva entrò nella sala da pranzo.

"E adesso scusatemi vado a ritirarmi nella mia stanza, spero di vedervi più tardi." Concluse Francisco.

Gaia a quelle parole si sentì alquanto turbata ricordandosi di quello che le era accaduto il giorno della gita a cavallo, ed ebbe l'impulso di alzarsi in fretta per allontanarsi da quel luogo che d'improvviso le sembrò sinistro.

José aveva capito ciò che turbava Gaia in quanto aveva ascoltato per caso la conversazione che lei aveva avuto con Maliva poco prima e così le prese la mano per rassicurarla.

"Cosa è successo quella mattina della gita a cavallo?" Chiese amorevolmente con tono pacato José guardandola negli occhi.

"Mi dispiace non ricordo." Rispose con risentimento Gaia cercando così di evitare l'argomento.

"Ciò che è accaduto a te potrebbe essere collegato con ciò che è accaduto alla madre di Francisco la notte che scomparve." Replicò José nel cercare di dare una spiegazione alle strane coincidenze avvenute.

"Non sò di cosa stai parlando!" Rispose Gaia alzandosi nervosamente allontanandosi da José.

"Non importa tranquilla, non devi sentirti responsabile di ciò che è accaduto molti anni fà ad una persona che non conosci nemmeno." intervenne immediatamente José realizzando di aver commesso un errore.

Poi entrambi si allontanarono dalla stanza seguiti dallo sguardo inquisitore di Maliva che li vide allontanarsi di fretta verso l'uscita principale.

L'aria si era raffrescata e in lontananza si sentiva il tuono di un temporale in arrivo. Gaia sentí un brivido di freddo e José lo percepí sulla sua pelle. Entrambi camminarono in silenzio lungo il sentiero che scende a valle alleggeriti dal dolce fruscio delle foglie mosse dal vento seguito da poche gocce di pioggia e dal profumo del muschio selvatico che esalava dalla terra bagnata riportando la mente di Gaia alla leggenda dei due amanti che vissero un breve ma intenso periodo di tempo nascosti nella grotta per proteggere il loro amore, e lei avrebbe voluto fare altrettanto ma non era certa di poterlo fare.

Capitolo 15

La Laguna del Borreguil

La giornata trascorse tranquilla. Gaia e José rientrarono al rifugio la sera appena in tempo per la cena. Maliva era particolarmente attraente quella sera nonostante avesse indossato un abito fuori ogni aspettativa che non dava alcuna indicazione su quale fosse la sua intenzione di come passare la serata. Non abbastanza sexy da far pensare ad una serata mondana e né abbastanza casta da far pensare ad una celebrazione religiosa.

"Spero abbiate passato una buona giornata" disse Maliva sorridente e serena alla coppia che si era appena accomodata al tavolino.

"Diciamo piuttosto tranquilla" disse José ammirando la giovane donna mentre camminava tra i tavoli con la grazia di una gazzella."

"Diciamo apparentemente tranquilla!" Precisò Gaia non appena Maliva si allontanò.

"Comunque interessante" aggiunse José con un sorriso.

Maliva si avvicinò al tavolo per servire la coppia che sembrava essere assorta in una piacevole conversazione.

"Se vi và vorrei invitarvi alla cerimonia della LUNA PIENA che si terrà alle 10 di questa sera non molto lontano da qui." Disse Maliva sottovoce come se cercasse di non farsi sentire dagli altri nella stanza.

Gaia e José si guardarono negli occhi per capire se erano entrambi d'accordo, poi Gaia rispose:

"Perché no... di cosa si tratta esattamente?"

"È una cerimonia sciamanica dedicata alla Luna Piena che sorgerà da dietro la montagna, una sorta di ringraziamento alle divinità dell'Universo per donarci la loro protezione attraverso la natura" rispose Maliva entusiasta.

"Bene, allora finiamo la cena e poi ci andiamo a preparare, dobbiamo portare qualcosa in particolare?" Chiese José.

"Vestitevi comodi e portate una torcia, dobbiamo camminare lungo un sentiero buio, anche una coperta per sedervi comodamente a terra, ma sopratutto non dimenticate di portare voi stessi!" Aggiunse Maliva sorridendo. "Vediamoci alla porta di ingresso verso le 9.30" concluse allontanandosi per finire il suo lavoro.

Alle 9.25 Gaia e José si presentarono alla porta di ingresso. Maliva non era ancora arrivata ma Francisco era lì seduto su una poltrona che beveva tranquillamente una tisana.

"Sarà una bella sorpresa vedrete!" Esclamò l'anziano appena li vide arrivare.

"Che genere di sorpresa? "Chiese preoccupato José notando che l'anziano era al corrente del programma della serata.

"Le sorprese non si rivelano in anticipo, altrimenti che sorprese sarebbero!" rispose Francisco con una risatina finale.

"Giustamente..." rispose José lanciando una fugace occhiata a Gaia che sembrava essersi preoccupata.

"Pronti per l'avventura?" disse Maliva mentre stava arrivando a passo veloce verso di loro.

Camminarono per più di mezz'ora lungo il sentiero che conduceva a destinazione. José era piuttosto nervoso ed ascoltava in silenzio Maliva chiacchierare con Gaia che le faceva diverse domande riguardo ai misteri che riguardavano la Montagna quando d'improvviso si trovarono difronte ad uno spettacolo straordinario che nemmeno il più grande regista di teatro avrebbe potuto organizzare.

"Eccoci arrivati! Questa è la LAGUNA DEL BORREGUIL" Disse Maliva entusiasta aprendo le sue braccia in segno di benvenuto verso la bellezza evocativa di quell' oasi.

Si sentiva in lontananza lo scroscio dell'acqua proveniente da una cascata misto alle voci di alcune persone che sedevano attorno ad un fuoco, alcuni di loro suonavano strumenti sciamanici quali tamburi e flauti mentre altri danzavano serenamente come se fossero in completo stato di trans.

"Il rituale stà per iniziare" disse Maliva con voce pacata. Il lago nel buio assumeva un aspetto sinistro e pericoloso in quanto non si poteva definire la profondità. Gaia e José si sedettero in un angolo per poter assistere in silenzio allo spettacolo mentre Maliva si avvicinò al gruppo dei danzatori per unirsi a loro.

Maliva sembrava felice rapita da quella magia che li avvolgeva tutti in un estasi collettiva come se stessero per celebrare l'arrivo di un evento straordinario.

Alcuni di loro poi si diressero verso il centro del cerchio dove vi era un grande pentolone fumante che stava scaldando sopra il fuoco una tisana che ben presto distribuirono ad uno ad uno in tazze di ceramica adorne di grandi foglie verdi che facevano da protezione per il calore che emanavano. Una giovane donna porse una tazza dell'infuso a Gaia e poi una a José. I due allora si girarono a guardare perplessi Maliva.

"Tranquilli, è un infuso benefico che aiuta a lasciare andare le difese della mente per poter permettere allo spirito di interagire con la vostra anima e lasciarvi così un messaggio." Disse premurosa Maliva. "Lo stesso che ti ho dato ieri nella piccola bottiglia per ristorare i tuoi sogni" continuó Maliva rivolgendosi a Gaia sorridendo.

"E che io ho tranquillamente gettato nel bagno senza nemmeno sentirne l'odore!" Pensò Gaia tra sé ricambiandole il sorriso pur sentendosi leggermente in colpa per la poca fiducia dimostrata nei suoi confronti.

José e Gaia sorseggiarono l'infuso con un pò di diffidenza poi piano piano si lasciarono andare per seguire con più fiducia il flusso della cerimonia che divenne sempre più interessante.

Nel cielo scuro si vedevano solo le stelle quando d'improvviso sbucò la luna da dietro la montagna che illuminò l'intero luogo con tutto il suo splendore. I giovani smisero di danzare e si avvicinarono al lago nel quale la luna rifletteva tutta la sua pienezza.

Gaia la osservava sbalordita ed ebbe l'impressione che la luna assomigliasse al ventre di una donna in procinto di partorire. "È lei!" disse Gaia sottovoce.

"Chi?" Chiese José anch'esso stordito dalla magia della strana atmosfera.

"È mia madre, ed io sono il frutto che stà per partorire!" rispose Gaia senza distogliere lo sguardo dalla luna che fiera della sua interezza sfoggiava nel cielo limpido la sua luce dorata.

José la guardò cercando di capire a cosa si stava riferendo Gaia mentre era rapita dall'immagine della luna e completamente immersa nella transazione del sogno. Poi vide i ragazzi semi nudi tuffarsi nel lago mentre si lasciavano cullare dalla morbidezza dell'acqua che li accolse come figli nel grembo di una madre.

Maliva era adesso ciò che José aveva immaginato, la sacerdotessa che faceva da tramite tra il cielo e la terra, tra la vita e la morte, il ponte che conduce ai due estremi della stessa linea che durante quella notte di luna piena stava formando il cerchio magico dal quale ognuno poteva attingere il proprio messaggio esistenziale.

La luna lentamente cambiò colore che da bianco diventò giallo oro per poi diventare arancione, era l'anno 2075 dominato dalla LUNA ROSSA meglio conosciuta come LUNA DI SANGUE.

Gaia era in preda al suo sogno di transizione che d'improvviso diventò per lei un incubo.

Un urlo lacerante echeggiò nel bosco, la luna era diventata rosso sangue come il sangue del ventre di una madre che stà per partorire un feto prematuro.

"Non voglio morire!" Urlò Gaia disperata mentre José cercava di tenerla tranquilla. Maliva era ancora nell'acqua assorbita dal suo canto in onore della luna che come un grande magnete sovrastava sul gruppo in preda ad un delirio collettivo durante il quale ognuno di loro stava vivendo il trauma della loro esistenza.

José capí che Gaia stava vivendo un momento drammatico che faceva parte della sua vita ancestrale, il pericoloso momento in cui sua madre l'aveva data alla luce troppo presto e che nel donarle la vita lei morì.

José la strinse a sé mentre Gaia in preda ad un pianto profondo, tornò lentamente alla realtà tranquillizzandosi alla presenza di quell'abbraccio di sincero amore che per la prima volta nella sua vita potette finalmente aprire il suo cuore e sentirsi sicura.

Capitolo 16

Colei Che Striscia

La mattina presto Gaia e José erano già pronti per la partenza. Fecero colazione e poi andarono a prendere i bagagli nella loro stanza. Maliva nel frattempo era già in cucina dedita al suo lavoro quotidiano.

"Sembra così fragile e innocente Maliva vedendola lavorare" disse Gaia a José mentre si stavano preparando.

José acconsentì spiegando: "E invece è una sacerdotessa sciamana, una donna che conosce i segreti della vita e della morte. Una guaritrice che ha acquisito la conoscenza da sua nonna Mariapia che era conosciuta per le sue doti di guarigione dell'anima e per la sua capacità di rimuovere i traumi del passato come è successo a te ieri rivivendo il momento del pericolo di morte prima della tua nascita."

"Non sò come sia successo però era come se fossi tornata nell'utero di mia madre..." disse Gaia ancora sotto shock ripensando alla sera precedente. "Ho rivissuto il momento della nascita dopo un terribile incidente di percorso durante il parto durante il quale mia madre ha perso la vita."

"Si capisco, questa è la ragione per cui ci hanno dato da bere la pozione di erbe sciamaniche che avevano fatto bollire nel calderone poco prima." aggiunse José.

"E perché tu non hai fatto il viaggio di transizione... eppure anche tu hai bevuto la pozione!" chiese sorpresa Gaia.

"Io in realtà non l'ho bevuta!" Disse José imbarazzato. "Conosco gli effetti della pozione, ho avuto modo di conoscerla anni prima durante un incontro con un maestro spirituale che avevo conosciuto in Sud America. Non volevo che fossimo entrambi in preda all'effetto di transizione sciamanica, che per quanto sia benefico, ha comunque effetti collaterali che richiedono assistenza. Ho pensato bene quindi di rimanerne fuori dato che tu sei riuscita a raggiungere lo stato più profondo della tua coscienza, ma non volevo rischiare di lasciarti sola dato che non conosco le persone che erano presenti alla cerimonia e così ho pensato di rimanere lucido per poterti assistere nel caso ce ne fosse stato bisogno." Disse José con la speranza di una approvazione da parte di Gaia.

Lei lo guardò per qualche secondo senza avere la forza di reagire. C'era rabbia nel suo sguardo e in un primo momento avrebbe voluto tirargli uno schiaffo. Poi si calmò e disse: "Grazie della tua assistenza José, credo che hai fatto bene a rimanerne fuori, in effetti avevo bisogno di assistenza e te ne sono grata" disse Gaia con tono sarcastico "comunque non ho ancora un idea di quanto possa essermi stato utile rivivere quel momento così drammatico." Aggiunse lei con determinazione.

"È presto per dirlo, ma con il tempo lo capirai. Cosa sai di tua madre? Ti và di parlarne?" disse José cercando il più possibile di essere discreto con la domanda imbarazzante.

Gaia stette in silenzio per un pò, poi disse: "Mi è sempre stato raccontato che mia madre era quella donna che mio padre ha sposato dopo poco che la mia vera madre morì. Sono cresciuta credendo la versione che mi è stata raccontata fino a che un giorno scoprii che non era così quando trovai delle lettere scritte dalla mia vera madre dove parlava di me e della felicità che provava per essere finalmente in attesa di un figlio.

Su una lettera scrisse che quel giorno era stata a fare un ecografia e le avevano detto che era una bambina e che lei la voleva chiamare Gaia. La lettera era indirizzata a mio padre che in quei giorni lavorava in Spagna e mia madre ha vissuto il periodo della gravidanza senza di lui in Italia." Disse Gaia con un nodo alla gola.

"Mi dispiace molto, deve essere stato molto triste per tua

madre, ma anche per te dover scoprire la verità da una lettera..." disse con tono amorevole e paterno José mentre la stringeva a sé in segno di comprensione.

Gaia spiegò: "Iniziai ad indagare più a fondo sulla faccenda e scoprii in seguito che in realtà quella donna che mi avevano fatto credere essere mia madre era invece l'amante di mio padre che aveva conosciuto durante il periodo in cui lui lavorava qui in Spagna."

"Cosa intendi dire?" chiese José sorpreso.

E Gaia continuò: "Mia madre lo venne a sapere e tentò il suicidio, e così mio padre, per non sentirsi in colpa tornò a vivere in Italia abbandonando l'amante, almeno fino a che non è morta mia madre e lui ha deciso di portarmi a vivere qui dove sono cresciuta credendo che l'amante di mio padre fosse la mia vera madre.

Quando trovai la lettera, all'insaputa di mio padre partii per l'italia in cerca dei miei nonni materni che mi erano stati negati per cercare di mantenere il segreto, ma loro non persero l'occasione di raccontarmi che in realtà quando mia madre scoprí che mio padre aveva un amante tentò il suicidio prendendo delle pasticche che provocarono una minaccia di aborto durante la quale io fui salvata ma mia madre purtroppo perse la vita."

Concluse Gaia con le lacrime agli occhi.

"Storia molto triste, mi dispiace forse non dovevo ricordartela" disse José tristemente.

"Va bene così, anzi...ti ringrazio di avermi aiutata a tirare fuori tutte le ansie del passato che dovevano venire fuori prima o poi e tu sei stato il primo con il quale ho avuto il coraggio di farlo." Concluse Gaia con un sospiro di sollievo.

Poi Gaia tirò fuori una lettera e disse: "Ho ricevuto questa lettera dai miei nonni quando sono andata a cercarli in Italia. È di mia madre ed è indirizzata a me e mi avverte di stare molto attenta ad un certo tipo di persone che sicuramente lei aveva conosciuto molto bene." Poi l'aprí e iniziò a leggere:

"Cara figlia, ti scrivo questo per farti capire che devi sempre stare attenta ad alcune persone che nella vita incontrerai. Io ti parlo di lei...colei che striscia come un serpente!

"Entró nella nostra vita come un virus in una cellula, muovendosi lentamente e subdolamente in modo che nessuno se ne accorgesse ma che lasciava trapelare piccoli segnali della sua presenza intimamente disperata. Non accettava gli anni che passano e la sua vita ormai agli albori era diventata un vano tentativo di aggrapparsi a quella giovinezza che inevitabilmente le sfuggiva dalle mani.

Si manifestava sotto un profilo psicologicamente contorto ma accuratamente nascosto da una parvenza razionale e rassicurante... "diffida delle persone che si muovono strisciando come i serpenti!" Diceva la mia voce interiore, "ti vogliono far credere che sei la benvenuta ma non ti dicono che in realtà sono loro che hanno bisogno di te!"

Aveva uno sguardo scrutante che solo una mente intuitiva come la mia avrebbe potuto catturarne i messaggi da dietro quei suoi piccoli occhi scuri, pungenti come aghi di siringhe cariche di veleno.

La sua espressione enigmatica nascosta dalla maschera facciale della plastica magistralmente iniettata sugli zigomi per nascondere i segni dell'età le donava un inquietante espressione ingessata che le permetteva appena di muovere il labbro inferiore quando tentava invano di esprimere quel sorriso isterico che non poteva piú nascondere la sua rabbia verso chi aveva l'amore.

Ed é cosí che senza dignità e ne rispetto si lasció guidare dall' istinto impulsivo della"Bestia"che non ha bisogno del peccato per emergere dagli abissi dell'inferno ma che si autoproclama perdente nella battaglia della Giustizia Divina che é inevitabilmente destinata a fallire per mano della sua miserabile anima sconfitta.

Ripensai a lungo a quel periodo in cui l'ho conosciuta e ho provato una profonda pena per lei e sopratutto per quel povero uomo che le stava a fianco con quella miserabile parvenza di marito intimamente frustrato dai suoi dubbi e dalle incertezze che a malapena riusciva a farfugliare di tanto in tanto confessando le sue perplessità che ancora oggi lo attanagliano con il rimorso di probabili scelte sbagliate.

Molti di noi avranno sicuramente incontrato una volta nella vita il "Serpente Strisciante" che spesso si nasconde nelle persone che piú ti stimano e che ti stanno accanto. DIFFIDA di loro se avrai dei dubbi, ascolta il tuo istinto e abbi il coraggio di tagliare la testa al serpente prima che ti morda alle spalle perchè non riuscirai a riconoscerlo in un primo momento, ti sedurrà per confonderti ma ti avrà già tradita ancor prima che te ne sarai accorta.

Ti cerca con fervore facendoti credere che desidera aiutarti ma in realtá ha bisogno della tua energia vitale perché dentro é una persona vuota che ha bisogno di succhiare l' energia per sopravvivere come un vampiro ha bisogno di sangue. Entra in casa tua e ti invita a casa sua perché ha bisogno della tua intimità per rubare i segreti della tua gioia e del tuo amore.

Non permettere mai a questa persona di rubarti la cosa che di piú bello hai, tienila alla larga senza usare la rabbia o la violenza perché é ció che lei cerca. Sappi riconoscere il suo volto tra la gente, se la osservi bene quando la incontri noterai che non é come le altre persone, i suoi occhi non brillano di luce propria e spesso sono occhi velati, non a caso, dovuto alla sua incapacità di vedere l'Amore con gli occhi dell'Amore.

Spesso non è una persona giovane ma piuttosto anziana o vecchia, é materialista ed attaccata al denaro. Ama gli hotels a 5 stelle e non i camper, vive in una grande casa e non in un appartamento. Possiede molte proprietà ma anche i debiti, si atteggia a persona ricca ma in realtà é molto povera... sopratutto dentro!

É tempo di capire il discernimento, per quanto crudele a volte possa sembrare, é un primo passo verso l'amore per te stessa e per le persone che ami perché sappi fin da ora, sono proprio le persone che ami le sue preferite e tu devi essere in grado di difenderle dalla loro stessa vulnerabilità.

Porgile una mano non due, con l'altra tieniti pronta a difenderti, agisci solo quando sei sicura, attendi con pazienza affinché qualcosa accadrà e farà cadere la sua maschera, quello é il momento che dovrai tirare fuori l'asso nella manica per impedirle di procedere nel suo subdolo piano, agisci immediatamente con determinazione e chiarezza, ricorda..."le parole uccidono piú delle armi" ma devono essere ponderate e mirate, non disperdere energie inutili, questo é il suo obbietivo.

Che l'Amore sia sempre con te.

Tua madre."

Gaia richiuse la lettera in fretta quasi fosse pentita di averla letta, come fosse una sorta di profanazione di ciò che rimaneva di sua madre, il racconto di come lei stessa aveva vissuto l'impatto con il Diavolo, quello spirito maligno che si nasconde dietro alle persone che frequentano la tua casa, la tua famiglia, che desiderano far parte della tua vita ma che in realtà cercano di togliertela, ed è così che sua madre aveva vissuto l'esperienza dell'intrusione di quella donna posseduta dal Demonio che aveva poi causato la sua morte.

Gaia fece un sorriso fugace ripensando al passato e cercò di dimenticare l'accaduto. Poi si alzò e fece finta che tutto andava bene. "Chi era quella donna che tua madre aveva incontrato e che la definì il Serpente Strisciante...l'amante di tuo padre?" Chiese José alquanto perplesso.

"Nò non era lei l'amante, era troppo vecchia per esserlo ma era la madre dell'amante di mio padre! A quel tempo mia madre viveva in Spagna con mio padre e quando venne a sapere di essere in dolce attesa mio padre invece di essere felice rimase turbato e fú allora che mia madre ebbe dei sospetti sul fatto che lui avesse un amante.

La loro relazione ben presto degenerò e mia madre confidò i suoi dubbi alla vicina di casa che in quei giorni sembrava essergli amica, lei le consigliò di allontanarsi per un pò e tornare in Italia dai suoi genitori e cosí lei fece venendo a scoprire in seguito che quella donna era invece la madre di quella che era l'amante di mio padre e che ebbe un ruolo determinante nella rottura della relazione tra i miei genitori, in quanto fú lei a fare in modo che sua figlia diventasse l'amante di mio padre dal momento che era lei l'interessata ma che a causa dell'età non aveva certamente alcuna chance di poterlo diventare.

Come descrisse mia madre nella lettera, era una donna che aveva un viso strano. Ricordo che veniva spesso a trovarci quando ero bambina, naturalmente credevo fosse mia nonna ma non riuscivo a legare con lei... non aveva un espressione naturale, ma non sapevo che si iniettava gli zigomi e la fronte di botox, le labbra non riuscivano a muoversi quando sorrideva, ed era senza emozioni quando parlava praticamente era una maschera di gesso senza espressioni e senza emozioni. Esattamente come mia madre la definì...colei che striscia, un vero serpente!" Concluse Gaia con un sospiro.

"Purtroppo questo problema era molto comune negli anni passati, soprattutto tra le donne" disse José. "Molte persone non accettano l'idea di invecchiare ed è la ragione per cui non abbiamo mai avuto una società abbastanza forte da contrastare l'egoismo di quei pochi che hanno da sempre controllato il mondo. Come possiamo aspettarci che persone iniettate di botox abbiano una consapevolezza piena della realtà e una capacità di interagire con integrità verso quei valori umani che richiedono autenticità morale e rispetto per se stessi e per gli altri?" Concluse José scrutando negli occhi di Gaia una vaga approvazione per ciò che, in quel momento, poteva ferire il mondo femminile di cui lei ovviamente ne faceva parte.

Gaia rimase in silenzio ripensando a quel mondo di ricostruzioni del corpo che le ricordavano Yvonne la replicante durante la conferenza dove si parlava del transumaneismo.

La ricostruzione facciale e del corpo era nel tempo stata sostituita dalla sofisticata creazione di esseri completamente nuovi che non richiedevano alcun lifting periodico da parte di chirurghi plastici ma bensì buoni meccanici in grado di revisionare le loro funzioni vitali a beneficio di una società efficiente e poco esigente, in poche parole abbastanza economica da permettere a chi li controllava di non dover investire troppo denaro per il loro mantenimento e ricevere in cambio i servizi necessari per una vita comoda e non troppo stressante.

Capitolo 17

La Stanza Zen

Era pomeriggio tardi quando José decise di fare quella chiamata. Non c'era nessuno dall'altra parte quindi lasciò un messaggio in segreteria.

"Ciao ti disturbo? Spero ascolterai questo messaggio prima che tramonti il sole...ho una cena per due e del vino fresco in frigo, ho pensato che sarebbe stato carino condividerlo con te... non portare niente... ti prego, porta solo te stessa!"

Non era più abituato ad essere romantico da quando sua moglie Rosa morí. Il trauma del passato lo aveva reso un lupo solitario che si concedeva qualche uscita estemporanea di tanto in tanto.

Si sedette davanti alla vetrage che dava sul lato dove stava tramontando il sole. Gli alberi dalle grandi fronde facevano da cornice a quello spettacolo che si schierava davanti ai suoi occhi. In lontananza si sentiva il rumore del mare che con il suo infrangersi sulla riva lasciava intravedere una leggera schiuma bianca come fosse l'ornamento di un pizzo che gli ricordava il ricamo sofisticato delle vestaglie che Rosa amava indossare, e mentre si lasciava dolcemente cullare dai ricordi del passato si assopí dolcemente quando il suono brusco del telefono interrupe il suo viaggio onirico riportandolo alla realtà.

"L'invito é ancora valido?" Chiese Gaia dall'altra parte del telefono.

"Certamente" Rispose José entusiasta quando finalmente sentì la voce di Gaia.

"Bene, credo avrò bisogno di una mappa per trovarti" rispose Gaia quando si rese conto che José viveva in un luogo particolarmente complicato dal punto di vista territoriale ma anche molto sofisticato per essere fornito di strumenti ad alta tecnologia avanzata.

"Ti apro il cancello, tu procedi avanti nel viale sterrato per circa 500 metri. Quando troverai la casa vai verso il suo lato destro e fermati davanti al radiante #1 che confermerà la tua identità e ti lascerà passare."

"Radiante #1?" Esclamò Gaia un pò preoccupata nel sentire certi termini.

"Si ma non preoccuparti..." Rispose José. "Non ha niente a che fare con le radiazioni magnetiche alle quali siamo abituati di solito. Non ho deciso di cucinarti al microonde per la cena, almeno...non ancora!" Aggiunse José ironicamente scherzando lasciandosi andare ad una risatina che Gaia accolse con simpatia.

Quando Gaia arrivò davanti al Radiante #1 si accese una luce molto forte che la costrinse ad indietreggiare. Una voce metallica uscì da una camera posta a pochi metri di distanza e le scattò alcune foto. Poi le girò intorno e la scannerizzò dalla testa ai piedi. "Allora! non devo mica prendere un aereo per andare all'interno della casa! Sei peggio di un check-in all'aeroporto!" disse Gaia con ironia.

José vide la scena dal video schermo e non potette fare a meno di lasciarsi andare ad una sonora risata. Poi vide che Gaia indossava un leggero vestito blu con uno strano disegno stampato sulla schiena che catturò immediatamente la sua attenzione per essergli familiare, era il simbolo del TAO sul quale lui aveva basato spiritualmente la sua vita e costruito tecnicamente la sua casa in quanto era stata magistralmente progettata in forma circolare da un architetto Giapponese seguendo le regole della scienza architettonica del Feng-Shui che in Giappone è chiamato 'Kanso' basata sulle funzionalità delle energie contrapposte alle quali il nostro corpo e la nostra mente sono continuamente assoggettate.

Al centro della struttura circolare vi era una fontana a forma sinusoidale dalla quale sgorgava la fonte del fiume che andava a sfociare nel mare circostante sopra il quale aveva costruito le fondamenta. La metà della casa era esposta verso il punto dove nasceva il sole durante il Solstizio di Primavera che per tale rappresentava la parte chiara del Tao.

Al centro di questa metà vi era un pozzo scuro chiamato il 'Pozzo della Luna' dal quale attingeva l'acqua del fiume con la quale riempiva una vasca posta ad un lato del pozzo per il rituale del bagno di purificazione durante le notti di luna piena.

L'altra metà era invece esposta verso il punto dove nasceva la luna durante il Solstizio d'Inverno, ed era esposta verso la foresta la quale manteneva la casa costantemente nell'ombra e per questo essa rappresentava la parte scura del Tao. Al centro di quest'altra metà vi era la vasca della terra bianca una struttura circolare che conteneva una particolare sabbia bianca chiamata la 'Terra del Sole' che aveva la proprietà di mantenere il calore naturale della terra prima che si raffreddasse durante la notte.

José aveva studiato quella struttura come una sorta di santuario spirituale nel quale svolgeva determinate funzioni sciamaniche in onore del corpo e della mente durante i ricorrenti solstizi dell'anno. Lui e sua moglie Rosa, durante la cerimonia di purificazione, si spogliavano completamente nudi e si stendevano per circa mezz'ora nella vasca della 'Terra del Sole' con il corpo completamente rilassato ed il volto rivolto verso il cielo, poi camminavano in silenzio attraverso la vasca sinusoidale che conduceva alla sala adiacente nella quale immergevano i loro corpi dentro l'acqua tiepida del 'Pozzo della Luna'.

Gaia riuscí finalmente ad arrivare indenne a tutto il processo di controllo quando sentí la voce di José provenire da qualche angolo di quel sofisticato ambiente che le ricordava un laboratorio fantascientifico più che un abitazione.

"Pronta per il decollo signora Gaia Baroni?" Disse José riferendosi al simpatico commento sull' aereo che Gaia aveva fatto poco prima.

"Dipende dalla destinazione mio caro signor José Fernandez" replicò Gaia con un sorriso nella speranza che lui saltasse fuori da qualche parte.

"Destinazione luna!" rispose con un sorriso José mentre la stava aspettando.

"Questo è per lei Signora" interruppe una voce alquanto metallica che proveniva dalle sue spalle. Gaia si girò preoccupata in quanto capì che la voce non era quella di José e vide entrare un signore vestito da maggiordomo che le porgeva una rosa rossa.

"Grazie, molto carino" esclamò Gaia sorpresa a quella strana presenza un pò abigua. Poi il maggiordomo le disse: "Prego mi segua, le faccio strada." Al ché Gaia lo guardò molto attentamente e notò che sotto la manica della sua lunga giacca nera vi erano dei bottoni fluorescenti e capí che quel signore in realtà era un replicante, uno di quei personaggi che stavano progressivamente prendendo campo nella società e che molti stavano tenendo in considerazione per la sostituzione dei lavoratori "umani" che oramai non avevano più grandi chance di trovare lavoro. Il maggiordomo l'accompagnò davanti alla stanza Zen dove José la stava aspettando.

Non appena arrivata vide un tavolo elegantemente preparato con sofisticati piatti di porcellana scuri in contrasto con il vetro cristallino dei lunghi calici e la grande vetrage dalla quale si vedeva il mare che faceva da sfondo alla stanza nella sua totale trasparenza.

Gaia rimase stupefatta nel vedere con quanta armonia si potessero combinare tecnologia e natura attraverso un delicato gusto artistico che donava all'ambiente quel tocco di raffinata eleganza orientale. José era in piedi davanti alla grande vetrage dalla quale si intravedeva l'ultimo raggio di luce del tramonto immerso nella grande distesa del mare a pochi metri di distanza.

"Ben arrivata mia cara" Le disse José accogliendola in un caloroso abbraccio e con quel suo solito sorriso dai denti perfettamente bianchi incorniciati da una barba brizzolata accuratamente tenuta e degna di uno scienziato del suo livello che amava rispettare se stesso.

"Grazie di avermi invitata" disse Gaia ancora scioccata dalla bellezza dall'ambiente in cui lui viveva.

"Non ci avrei mai scommesso che vivevi in una casa così..."disse Gaia. "Non sapevo che avevi un replicante come maggiordomo" aggiunse poi.

"Non è da molto che l'ho acquistato, precisamente da dopo che siamo stati alla conferenza di Robert Smith, mi é venuto il desiderio di averne uno nel vederlo con Yvonne" Disse José.

"Non credevo tu avessi preso sul serio quel meeting... mi sorprende invece vedere che in te l'etica non ha gli stessi valori come lo ha per me!" Disse Gaia in tono brusco.

"Io non considero l'etica una forma di rispetto come di solito viene definita, per me questa è una distorsione della realtà protesa a controllare le persone inserendole in falsi approcci sociali in cui si vuole far credere che esista un solo modo di comportarsi ma non é così!" Rispose José alzando il tono della voce.

"Vedo con dispiacere che non siamo esattamente della stessa idea, e non ho nessuna intenzione di prolungarmi a discutere questo genere di cose, ognuno deve fare ciò che crede e rispetto le sue idee." Disse Gaia alquanto innervosita. Poi si avvicinò verso la porta e fece per uscire dalla stanza quando José la prese per un braccio la tirò a se e con grande passione la baciò come non aveva mai fatto prima.

Gaia non oppose resistenza e lasciò che tutto ciò avvenisse in quel momento in modo naturale.

La serata trascorse molto tranquilla e serena fino a che il sole tramontò definitivamente e le stelle e la luna apparsero nel cielo. Poi arrivò di nuovo l'alba del mattino dai colori tenui che si confondevano con l'infinito del mare fino a dissolversi dentro quell' atmosfera piacevole fatta di emozioni e sensazioni.

"È questione di feelings" le sussurrò lui.

"Si...questione di feelings!" gli rispose lei. "Adesso devo andare però" disse Gaia con un sorriso che lasciava trapelare un ombra di tristezza nascosta dietro quel suo modo di essere così apparentemente invulnerabile e sicura ma che in realtà nascondeva la profonda paura della solitudine e dell'abbandono e che nel cercare di esorcizzarla in realtà la invocava al livello inconscio in modo che questo scagionava ogni suo senso di colpa per averla creata lei stessa. Poi si alzò senza voltarsi e frettolosamente si rivestì come se doveva corrrere ad un appuntamento...quell' appuntamento che cercava di nascondere a José per non volerlo perdere!

Lui la guardava in silenzio e ripensava a sua moglie Rosa, all'ultimo giorno che la vide nella casa, mentre si affrettava a prepararsi per uscire ad andare al lavoro. Non sapeva che Rosa aveva un amante, non avrebbe mai immaginato che lei lo tradisse e che quel giorno non sarebbe più rientrata in quella casa dove insieme avevano creato il sogno della loro vita, una casa Zen che era stata progettata con passione seguendo le regole dell'armonia tra la tecnologia e la natura per sentirsi in connessione con il tutto tra il fuori e il dentro.

Gaia era pronta per uscire quando si accorse che José era ancora assorto nei suoi pensieri perso chi sà su quale galassia dell'universo. Così lo lasciò nel suo mondo a sognare e chiuse la porta in silenzio per non disturbarlo.

Non appena lei uscì da quella stanza si accorse di quanta bellezza circondava quella casa che stava per lasciare, e si chiese se la trasparenza dei vetri con la quale era costruita tutta intorno non fosse altro che la proiezione della mente di José, chiaro e trasparente come l'acqua del ruscello che costeggiava la casa e che la faceva sentire in armonia con se stessa come del resto solo José poteva fare.

Il sole era appena sbucato e la luce forte e cristallina le illuminava il viso facendola sorridere di una gioia interiore che non aveva mai provato prima. Cercò di ricordarsi la strada per tornare al cancello dell'entrata principale e mentre camminava serena sul viale di pietre che conduceva all'uscita, sentí una mano gelida sulla sua spalla che le fece fare un sussulto. Era il solito maggiordomo robot che il giorno prima le aveva portato una rosa prima di accompagnarla nella stanza dove José la stava aspettando, e che stavolta le consegnò un biglietto gracchiando con quella voce poco gradevole: "Questo è per lei signora"

Gaia lo congedò con un mezzo sorriso di ringraziamento. Poi lui si allontanò e Gaia lo guardò allontanarsi lungo il viale di pietre che circondava la casa circolare, scomparendo ben presto alla sua vista.

Lei aprì la busta ben sigillata che conteneva una lettera dalla quale emerse lo stesso profumo di rosa come quella che aveva ricevuto il giorno prima.

"Spero che sia un arrivederci e non un addio. Avrei voluto che tu non andassi più via...ma sò che non potevo trattenerti! Intanto io continuo a sentire il tuo profumo sul cuscino...fai una buona giornata. José"

Gaia sorrise e si affrettò ad uscire da lì con la certezza che quello era sicuramente un arrivederci, e non un addio.

Capitolo 18

L'Ecovillaggio

Erano passate diverse stagioni dal giorno in cui le loro vite si erano incontrate per la prima volta. José non più molto giovane aveva deciso di abbandonare le ricerche scientifiche per dedicarsi alle piccole cose quotidiane che cominciavano ad avere un profondo significato per lui che prima non avevano.

Gaia nel frattempo si era specializzata nelle risorse tecno-naturali nel settore abitativo. Aveva scoperto nuovi modi di vivere l'ambiente sfruttando le risorse naturali in funzione della costruzione di un Ecovillaggio situato ai piedi della stessa montagna che anni prima era stata da scenario per il suo primo incontro con José.

Il villaggio era stato costruito dove risiedeva la vecchia fattoria dove anni prima avevano trascorso le vacanze in compagnia della allora giovane Maliva e suo padre Francisco.

Maliva aveva venduto la fattoria dopo la morte del padre per dedicarsi all'attività sciamanica tramandatole dalla nonna e alla quale aveva dedicato la sua vita con grande passione fin da bambina.

José seppe della notizia della morte di Francisco e propose a Maliva di voler comprare la fattoria quando seppe che la donna non voleva proseguire nella gestione dell'albergo in quanto le stava procurando più debiti che guadagni dato che necessitava di restauri a norma di legge dei quali lei non poteva sostenerne le spese. Lei fú quindi felice di accettare la proposta di José e poter finalmente vendere la proprietà.

Francisco non avrebbe mai voluto che la figlia cedesse l'attività, era particolarmente affezionato ai ricordi dell'ambiente in cui era cresciuto e dove sua madre era approdata molti anni prima come serviente per poi ritrovarsi la padrona dopo che si era sposata con il proprietario della fattoria, quell'uomo burbero e profondamente misterioso del quale nessuno aveva mai osato chiedere informazioni, non almeno fino a che Gaia aveva iniziato a indagare sui misteri che circondavano la vecchia fattoria che era poi diventata il grazioso albergo di famiglia che Maliva gestiva con tanto amore.

L'Ecovillaggio si chiamava "Pena de los Enamorados" dal nome della 'Roccia degli Amanti' dove Gaia e José avevano trascorso il giorno del loro primo incontro d'amore e dove la leggenda li aveva spinti ad esplorare il significato della loro vita e lo scopo del loro incontro.

Passarono molti anni prima che il villaggio potesse essere abitato. Maliva non si era mai sposata e decise di dedicare il suo tempo alla costruzione del villaggio prestando il suo servizio come sciamana nella scoperta dei punti strategici sui quali vennero costruite le case che avevano ognuna funzioni dinamiche in connessione con pannelli solari e speciali strutture a fotocellule per il riciclaggio di acqua e deposito a controllo igienico compiuterizzato dal quale venivano monotorizzati i diversi elementi minerali contenuti nella bonifica dell'acqua potabile.

Anche la luce del sole aveva un filtro ad alta capacità radioattiva che permetteva il riciclaggio energetico delle particelle ad infrarossi che venivano utilizzate per la funzionalità del generatore centrale che alimentava tutto il villaggio.

Il terreno sul quale erano state costruite le case ecologiche era costantemente ventilato da pompe sotterranee dalle quali usciva aria compressa che manteneva le fondamenta asciutte e nello stesso tempo regolava la temperatura di celle frigorifere nelle quali veniva immagazzinato cibo scorta che aveva un autonomia di circa 50 anni. L'idea era nata dopo la grande crisi economica avvenuta nel 2030 durante la quale avvenne un grande crollo finanziario che aveva coinvolto tutti i paesi del mondo in modo drammatico e che aveva causato quella che fú definita la *"Grande Guerra Virtuale."*

Molte persone persero la vita in quegli anni e molti vissero lo scenario della fame ad oltranza per molto tempo. I popoli di tutte le nazioni si ritrovarono a dover combattere un nemico invisibile che non aveva un identità precisa in quanto era stato creato su basi virtuali e interagiva sulla mente delle persone con la stessa invasione con la quale un virus letale invade il corpo degli umani ma con la differenza che quello non fù un virus reale ma un virus digitale che agì tramite onde magnetiche sulla mente delle persone inducendole a vivere su piani diversi la loro realtà, una sorta di trappola virtuale che aveva condizionato persone di tutto il mondo a vivere una realtà falsata indotta da un meccanismo diabolico che agiva sulle capacità primordiali della mente durante la fase onirica.

Furono anni in cui molti personaggi della scienza fecero la loro comparsa in uno scenario di rinascenza e di risveglio a beneficio dell'umanità. La dura battaglia tecnologica coinvolse molti settori tra i quali principalmente quello sociale, quello economico e politico che ben presto furono annientati dalla tecnocrazia di quei pochi che cercarono di abbuiare le loro malefatte ma che vennero sconfitti da un sempre più maggiore numero di persone che ebbero la facoltà di capire e combattere la rete psicodinamica che li aveva intrappolati.

I duri anni che l'umanità subì in quel periodo segnarono il grande cambiamento che dette la possibilità di elevare le coscienze e ricostruire una società basata sul rispetto e sulla dinamicità spirituale anziché materiale, portando in auge una conoscenza atavica conosciuta come "Legge Naturale" che risaliva all'antico popolo che aveva dato vita ai primi esseri umani sulla Terra e che portava con sé grandi conoscenze tecnologiche che vennero però insabbiate da una guerra planetaria di proporzioni catastrofiche che indusse il pianeta Terra alla condanna del "Deep Dream" o "Sonno Profondo" in conseguenza al trauma subito dal disastro planetario avvenuto durante l'inizio della civiltà di questo popolo avanzato proveniente dal pianeta Masuri della costellazione di Orione.

Il passato era a questo punto solo un esperienza di passaggio obbligatorio per una crescita planetaria e universale che portò grandi benefici tra gli esseri umani proiettandoli verso un futuro ecologico dove regnava sovrana l'armonia in sintonia con la legge naturale del Piano Divino sulla Terra.

l'Ecovillaggio era fondato su anni di ricerche scientifiche da parte della Società di Orione, un gruppo di ricercatori ecologici con i quali Gaia aveva lavorato in passato.

Le persone che abitavano nel villaggio erano medici, scienziati, sciamani, naturopati, sensitivi, radomanti e scrittori che collaboravano per la diffusione dell'Energia Mediatica che forniva incredibili risorse ecologiche a beneficio di tutta la popolazione.

Nel villaggio vi erano sterminate aree di terreno coltivabile dove veniva utilizzato il sistema a controllo ecologico per la monotorizzazione della quantità di luce solare e di umidità necessaria per la crescita degli alberi da frutto e varie specie di piante commestibili alimentati da un sistema tecnologico di distribuzione delle sostanze naturali che favoriscono la produzione di vitamine e minerali.

Il lavoro giornaliero era molto ridotto e le persone che si occupavano della coltivazione svolgevano la loro attività felicemente come vocazione in poche ore al giorno.

Il cibo prodotto era sufficiente per sfamare tutta la popolazione del villaggio e inoltre potevano spedire i loro prodotti ai paesi dove il sistema non era ancora pienamente sviluppato per fare in modo che diventassero autonomi là dove la produzione di cibo era ancora scarsa e che perciò era necessario far arrivare le risorse primarie per il mantenimento e il beneficio salutare sopratutto di persone anziane e bambini in quanto erano la categoria più debole che non poteva lavorare.

Gaia era molto orgogliosa del lavoro che era riuscita a sviluppare in tutti quegli anni e si sentiva soddisfatta di aver creato una iniziativa a beneficio dell'umanità.

Maliva lavorava al suo fianco nella ricerca e nella distribuzione dei prodotti alimentari che considerava una vera benedizione di abbondanza da parte del Grande Spirito della Terra.

José dedicava il suo tempo alla lettura di testi antichi dai quali attingeva le sue risorse intellettuali a beneficio del Suono Primordiale effettuato con strumenti da lui stesso creati per il viaggio sperimentale al quale aveva dato il nome di Onda del Suono Primordiale una catena composta da vari suoni vibrazionali con i quali era possibile ristabilire l'equilibrio energetico per le guarigioni del corpo e dello spirito tramite il fluire della Risonanza.

"Dopo molti anni di ricerche ho capito che avevo già tutto ciò che cercavo in un piccolo spazio infetesimale che si propaga dalle onde del suono" disse José guardando il paesaggio dalla grande vetrata sulla quale si riflettevano le luci soffuse che illuminavano gli angoli della stanza.

"Abbiamo creato il principio del sistema che ci appartiene da sempre e che attendeva solo di essere riscoperto" replicò Gaia. "Gli anni oscuri che hanno sovrastato l'umanità per migliaia di anni si sono finalmente dissolti e noi finalmente siamo stati capaci di riportare la luce atavica dei nostri antenati sulla Terra sulla quale abbiamo piantato il seme per farlo diventare di nuovo linfa vitale per noi e per gli altri" Gaia concluse abbracciandolo alle spalle.

"Credi che il nostro compito sia giunto ad una conclusione?" Disse con un velo di tristezza José senza distogliere lo sguardo dal paesaggio davanti a sé.

"No mio caro, non è ancora giunto il momento della ritirata" Rispose Gaia dolcemente con un sorriso. "Abbiamo ancora molto da costruire e la nave ha ancora bisogno del suo capitano!" Aggiunse Gaia ironicamente pensando a quanto tempo era passato da quando avevano iniziato il loro progetto.

Poi José la abbracciò dolcemente e le sussurrò: "Ho scoperto le note dell'amore con te e questo mi basta per essere felice."

Gaia sapeva nel suo profondo che José aveva ferite ancora aperte provenienti dal passato che ogni tanto gli procuravano ancora del dolore, lei sapeva che lui desiderava liberarsene perché erano la causa del suo limite emotivo al quale doveva sottomettersi come uno schiavo al proprio padrone, ma sapeva anche che era riuscito nel tempo ad accettare quel suo limite che divide il bene dal male attraverso il quale anche il dolore assume un ruolo importante e che nel fare ciò diviene perla di saggezza da ammirare e non da disprezzare.

Poi la stanchezza prevalse e lui si addormentò tra i cuscini termici del grande divano della sala meditativa a lui molto cara per essere il luogo creativo della sua musica.

Gaia lo baciò dolcemente sulla fronte e poi spense la luce. "Era ancora presto per abbandonare la nave del capitano disse tra sé mentre lo copriva con una coperta di lana, ma non dobbiamo perdere tempo prezioso prima che sia troppo tardi." E poi si ritirò nella camera da letto dove ben presto anch'essa si addormentò.

Capitolo 19

La Dama Bianca

Nel villaggio si respirava un aria molto serena, specie di animali importati da paesi tropicali vivevano in armonia con la natura esotica che era stata creata per far si che il villaggio potesse ospitare le caratteritiche originali di diversi paesi del mondo per la produzione ecologica di sementi da spedire ai paesi dove vi era scarsa produzione.
Un gruppo di scienziati abilitati nella ricerca e produzione, avevano scoperto la formula per la clonazione di tali elementi primari che poi venivano distribuiti nei paesi originali dove vi era più bisogno.
Anche l'educazione era fonte primaria di sopravvivenza e Gaia aveva organizzato gruppi di insegnanti da mandare in quei luoghi dove i bambini avevano bisogno di scuole.
Tra gli insegnanti vi erano filosofi di discipline orientali, esperti di medicina Ayurvedica, astrofisici e tecnici matematici.
Il loro compito era di far si che i bambini crescessero nella consapevolezza della realtà dando loro le basi per diventare indipendenti senza dover cadere nella trappola della povertà e le sue frustranti conseguenze come quella di chiedere elemosine o di essere sfruttati sul lavoro. Lo scopo era quello di accrescere la loro fiducia nelle proprie qualità naturali come fonte di risorse a beneficio della propria vita al servizio di una società sana e produttiva, dove regna l'armonia a contatto con la natura, sulla quale fondare il futuro senza paura delle malattie e della morte.
Maliva era una delle insegnanti e dava lezioni di sciamaneismo ai giovani del villaggio che svilupparono ben presto la capacità di richiamare a sé le energie universali con le quali imparare l'auto guarigione.
Nonostante il suo entusiasmo di tanto in tanto Maliva

amava isolarsi per lungo tempo nella sua stanza dove teneva le vecchie foto di famiglia che in passato avevano vissuto in quei luoghi e dove a Gaia talvolta le sembrava di percepirne ancora la loro presenza. *"Come poter ignorare il passato quando esso emerge con una storia così..."* pensò Gaia.

Era l'anno 2005 quando una giovane donna di nome Mariapia arrivò per mano di due assisteni sociali che rilasciarono la donna nelle mani del padrone della fattoria, un certo Antonio Rodriguez. Quella giovane donna Peruviana era stata venduta per 10.000 euro che Antonio consegnò agli assistenti del governo che svolgevano la loro sporca attività di traffico di clandestini per conto di una associazione a delinquere organizzata da un assessore comunale del paese che venne poi scoperto ed arrestato assieme a tutti i suoi complici.

Antonio Rodriguez era uno di loro, e fú indagato per traffico di schiavi e deportazione di minorenni che venivano venduti a persone di alto livello politico di molti paesi nel mondo, sopratutto in Sud America.

Mariapia era la nonna di Maliva dalla quale lei aveva ereditato la conoscenza dello Sciamaneismo. Gaia aveva cercato diverse volte di farla parlare della nonna e del mistero della montagna di cui si parlava in giro ancora dopo molti anni ma Maliva aveva sempre cercato di evitare la storia che lei diceva di non conoscere bene.

Un giorno Gaia sorprese Maliva mentre contemplava la vecchia foto di sua nonna ancora appesa sul muro accanto alla quale aveva posto quella del padre Francisco.

"Volti del passato che richiamano alla mente ricordi e segreti mai svelati" pensò Gaia tra sé. "Ti mancano molto loro vero?" le disse Gaia entrando bruscamente nella stanza interrompendo così quel suo intimo momento di mistica preghiera che sembrava essere per Maliva piuttosto una riconciliazione con i suoi fantasmi del passato.

"Mio padre mi ha sempre raccontato che mia nonna era una donna molto saggia ma che aveva dei segreti che non poteva raccontare a nessuno per essere molto pericolosi per la vita di chi avrebbe divulgato tali segreti" rispose Maliva continuando a contemplare quella foto.

"Tu sai cosa successe a tua nonna quella sera dell'incidente in cui scomparì per poi ricomparire dopo due anni con un bambino di due anni che in realtà era tuo padre?" Chiese Gaia con grande cautela nel cercare di non ferire Maliva con i ricordi del passato.

Maliva cercava di distrarsi da quella realtà ma sapeva che sarebbe arrrivato il giorno in cui avrebbe dovuto affrontare certi fatti di famiglia legati ad un mistero di cui lei stessa faceva parte. Allora con molta calma fece un sospiro e poi disse:

"Se desideri sapere certe cose vieni con me, ti porto in un luogo dove le domande non hanno bisogno di risposte, la montagna ha un suo linguaggio segreto che và saputo interpretare." Aggiunse Maliva con aria piuttosto accattivante.

Gaia la seguì senza alcun timore, conosceva Maliva e sapeva che tutto ciò che avveniva attorno a lei aveva un motivo di esistere e di solito era a fin di bene.

Camminarono lungo il sentiero che portava verso la cima della montagna, una zona isolata nel mezzo al bosco. Nel mentre camminavano Gaia si ricordò di aver già percorso quel sentiero il giorno in cui ebbe l'incidente durante la gita a cavallo con Sebastian, il ragazzo guida che dopo quel giorno non si fece più sentire e mandò una lettera con le sue dimissioni.

Gaia ebbe un brivido lungo la schiena quando riconobbe quel luogo e le tornarono alla mente alcuni ricordi di quella giornata strana ed ebbe paura.

"Torniamo indietro ti prego, non mi và di camminare in questi luoghi sperduti" disse Gaia girandosi a guardare intorno come se avesse percepito dei fantasmi.

"Non avere paura, nessuno ti farà alcun male" la rassicurò Maliva. "Conosco questi luoghi fin da quando ero bambina e credimi qui regna solo lo spirito della DAMA BIANCA che molti nella zona credono si tratti solo di una leggenda ma pochi sanno che invece è reale ed appartiene alla più alta gerarchia degli Dei che controllano i cicli naturali di Madre Natura."

"Mia nonna veniva spesso in questi luoghi" Maliva continuò sorridendo "e quando nacqui è qui che fui battezzata da lei e da mio padre. Mia madre purtroppo morì poco dopo la mia nascita e fui adottata da mia nonna che mi ha cresciuta attraverso la conoscenza dello sciamanesimo in questi luoghi dove regna il mistero e la magia." Continuò Maliva.

"Che strana coincidenza che ci lega" disse Gaia sorpresa "Siamo entrambe orfane di madre al momento della nostra nascita!"

"Le coincidenze sono parte di ciò che la scienza quantistica definisce Sincronicità o meglio Coincidenze Significative" rispose Maliva. "Fanno parte di quella Legge Universale secondo la quale le cose non avvengono per caso e se si presta la dovuta attenzione possiamo trarne dei messaggi importanti per la nostra vita." Aggiunse Maliva con un sorriso.

"Quindi quale sarebbe questo messaggio per noi?" chiese curiosamente Gaia.

"Non lo sappiamo ancora... ma forse siamo qui per scoprirlo!" rispose Maliva.

"Parlami della leggenda della DAMA BIANCA" chiese incuriosita Gaia che si stava lentamente rilassando.

Maliva così raccontò: "Si racconta che molti secoli fà viveva in questa zona una giovane contadina che amava girare per la montagna al galoppo del suo splendido stallone nero. Era molto bella ma era anche molto riservata e non amava che gli uomini del paese la guardassero con insistenza dal momento che in cuor suo aveva fatto la sua scelta di voler vivere sola a meno che non avesse incontrato l'uomo della sua vita.

Un giorno, mentre si aggirava tra il bosco con il suo bel cavallo nero ebbe la sfortuna di incontrare una strana creatura di cui aveva sentito parlare, era metà uomo e metà lupo e sembra avesse già aggredito diverse persone e animali. Un giorno la giovane donna venne trovata uccisa nel bosco appesa ad un albero a testa in giù. Si racconta che ancora oggi, durante le notti di luna piena, il suo cavallo nero torni a cercarla e che scalpiti per il bosco con strani nitriti come se fosse in preda a un delirio."

Poi Maliva si fermò a guardare all'orizzonte e disse: "Ecco è li che hanno trovato Carmen la moglie di Antonio Rodriguez, sembra sia stata uccisa dalla furia di un lupo. Antonio era il proprietario della fattoria che poi sposò mia nonna e dette il nome a mio padre riconoscendolo come figlio, senza sapere che in realtà lo era veramente!" Aggiunse Maliva con un velo di tristezza e di rabbia nel rievocare quell'episodio che sua nonna stessa le aveva raccontato poco prima di morire.

"Cosa intendi dire con "lo era veramente..." ti và di raccontarmi cosa accadde a tua nonna la notte dell'incidente?" Chiese con profonda veemenza Gaia che a quel punto si sentiva più sicura del fatto che Maliva era finalmente lieta di parlare di qualcosa che aveva tenuto segreto fino a quel momento:

"Mia nonna aveva una relazione segreta con Antonio il quale non voleva lasciare sua moglie per motivi economici legati alla fattoria che di fatto era intestata a lei. La sera dell'incidente mia nonna lo attese alle stalle per dargli la notizia che aspettava un figlio da lui e fú lí che Antonio si rivelò in tutta la sua vera natura diabolica. Antonio aveva la capacità di richiamare i lupi e quando mia nonna gli rivelò di essere incinta e che avrebbe voluto sposarsi per avere il diritto alla cittadinanza, lui si sentí minacciato e diventò aggressivo e decise così di liberarsi di lei mettendo in atto il richiamo del lupo che non tardó ad arrivare per aggredirla mortalmente."

Confessò Maliva dal profondo del cuore, e poi continuò:
"Antonio fuggì immediatamente lasciando che mia nonna
venisse uccisa. Ma le cose non andarono esattamente
come lui credeva e fú che mia nonna venne salvata dal
suo cavallo preferito, uno stallone nero!

La leggenda narra essere il cavallo della DAMA
BIANCA che quella notte di luna piena, nel seguire il
richiamo della DAMA BIANCA, si scagliò contro il lupo
salvando cosí la vita di mia nonna per poi fuggire
impazzito fuori dal recinto e scomparire nel bosco.
Quella notte mia nonna, si allontanò dalla casa e
camminò stremata.

Fú trovata dopo molte ore da un contadino del luogo che
benevolmente l'accolse nella sua casa dove rimase per
circa due anni, dopo di che mia nonna fece ritorno alla
fattoria con il suo bambino raccontando che era fuggita
per la paura che le venisse tolto dal momento che non
aveva la cittadinanza ma in realtà mia nonna voleva
vendicarsi dell'abbandono subito da parte di Antonio."

"E come reagì Antonio quando la vide arrivare dopo
averla creduta morta?" chiese Gaia sempre più presa da
quel racconto.

Maliva continuò: "Antonio aveva la fama di essere un
boss al quale vennero attribuiti molti sospetti riguardanti
scomparse di giovani donne tra le quali anche il caso
della giovane della quale venne trovata la collanina nel
bosco, e perfino sulla morte di sua moglie. Antonio
Rodriguez non era sospettato solo di essere un assassino
ma anche di essere un figlio di Satana perché usava
alcuni poteri malefici per svolgere le sue pratiche
sataniche sulle quali nessuno aveva avuto il coraggio di
indagare.

Solo mia nonna ebbe il coraggio di affrontarlo e quando
riapparse alla fattoria lui capí di aver perso tutto il suo
potere per mano dello spirito della DAMA BIANCA che
lo stava punendo per tutto il male che aveva fatto.

Mia nonna era una sciamana ed aveva il dono della trasformazione alla quale lui non potette confrontarsi per cui accettò la sfida lasciando che lei prendesse lo scettro del potere decisionale davanti al quale lui si chinò come un agnello mansueto al servizio del suo padrone."

"Quindi tua nonna tornò alla fattoria con un piano ben preciso." Disse Gaia immaginando Mariapia come simbolo della forza femminile che rivendica giustizia per tutte quelle donne assetate di vendetta per le violenze subite.

"Mia nonna raccolse molte testimonianze nel tempo che visse alla fattoria e quella più attendibile le fú raccontata da Isabel, la figlia di Antonio, che raccontava di aver visto spesso la figura di un uomo camminare a fianco di un lupo. Quell' uomo le sembrava essere suo padre che talvolta sembrava addirittura fondersi con il lupo stesso e diventare un unico essere mostruoso.

Mia nonna conosceva certi poteri e sapeva che l'unico modo per vendicarsi era quello di sfidarli con la sua conoscenza della trasformazione che in quel caso vide trasformare un lupo in agnello. In oltre voleva dare un futuro a suo figlio e non avrebbe potuto farlo se non avesse ottenuto il diritto alla cittadinanza.

Non avrebbe certamente voluto la morte di Carmen per ottenere ciò di cui lei aveva bisogno ma esiste una legge di compensazione alla quale nessuno può sfuggire e Carmen aveva costruito attorno a sé la trappola con le sue stesse mani e la sua morte rappresentò per mia nonna l'offerta agli Dei che regolano il meccanismo della trasformazione." Concluse Maliva con un sorrisino quasi beffardo e malizioso che non sfuggì all'attenzione di Gaia che la osservava attentamente.

"Adesso ho capito cosa mi è successo il giorno della gita a cavallo" disse Gaia con un sospiro, e poi continuò: "Sicuramente sono entrata in trance ed ho incontrato per qualche attimo la DAMA BIANCA che mi ha portata nel suo mondo onirico. Era vestita di bianco e cavalcava sul suo bel cavallo nero, poi però l'ho trovata morta... era appesa dai piedi ad un albero, esattamente come nella leggenda!

Ho avuto paura e sono svenuta ma ho sempre portato dentro di me la certezza che quella visione non fosse stata un sogno ma non avevo il coraggio di parlarne, nemmeno con José al quale non ho mai fatto parola di questa storia, nonostante lui abbia cercato di farmi parlare durante tutti questi anni, perchè avevo paura di passare da pazza!" Disse Gaia turbata.

"L'esperienza che hai vissuto tu è reale, non è affatto pazzia" disse Maliva "ha a che fare con gli effetti negativi dovuti al progetto che Rosa aveva iniziato a mettere in pratica. Molte persone che si sono trovate a passare di qui hanno avuto strane allucinazioni di questo tipo. Qualcuno si dice sia addirittura svanito nel vuoto. Anche Sebastian ebbe una strana esperienza quel giorno che siete andati assieme a cavallo. Quando tornó non era più lo stesso, era molto spaventato e pochi giorni dopo si dimise dal lavoro. Rosa é morta a causa di quel progetto con il quale lei tentó di violare i principi della montagna" Disse Maliva aprendo così un capitolo che riguardava Gaia molto più da vicino.

"Cosa intendi dire? Di quale progetto stai parlando?" Chiese Gaia con tono allarmante.

E così Maliva inizió a spiegare: "Rosa era una ricercatrice e con José avevano scoperto molte cose interessanti che avevano a che fare con questa storia della DAMA BIANCA. Avevano scoperto che la montagna era potenzialmente ricca di minerali attivi che davano la possibilità di poter costruire una sorta di Onda Temporale con la quale avrebbero dato modo al passato di interagire con il futuro e costruire una società in cui il tempo e lo spazio avrebbero avuto una nuova dimensione."

Gaia era sconvolta dalla notizia che le sembró di pura fantascienza sopratutto perchè José non gliene aveva mai parlato e chiese incredula: "Un Onda Temporale?"

Maliva continuó: "Il progetto era stato acclamato da molti scienziati ed aveva avuto l'approvazione del comitato scientifico per l'iniziativa. Nel fratempo però Rosa si era innamorata di un altro uomo e José lo venne a sapere, fú un brutto trauma per lui e determinò non solo la fine del loro matrimonio ma anche del progetto in quanto Rosa si allontanò dalla casa e venne trovata morta avvelenata nel suo letto.

Nessuno ha mai scoperto il colpevole dell'omicidio ma io sò per certo che lo spirito della montagna LA DAMA BIANCA non avrebbe permesso a nessuno di violare la legge naturale dei suoi elementi per costruire una diabolico progetto al servizio di chi avrebbe voluto controllare il tempo." Disse molto eccitata Maliva che a quel punto stava iniziando a scaldarsi.

"Puoi raccontarmi di più riguardo a questo progetto?" chiese Gaia a questo punto cercando di investigare più a fondo.

E Maliva continuò: "Rosa e José avevano progettato di scavare una grotta al centro della montagna all'interno della quale poter attivare un processore elettromagnetico alimentato dagli elementi naturali della montagna stessa. Il sistema quindi sarebbe potuta funzionare per l'effetto conseguente dovuto all'alterazione atomica provocata dal processore elettromagnetico all'interno del corpo umano permettendo così a chi veniva sottoposto all'esperimento di poter fare l'esperienza dell'interazione con il tempo e lo spazio.

Per poter sviluppare questo progetto però avevano bisogno di investire molto denaro e José non era convinto potesse funzionare. Ecco perché Rosa pensò bene di allontanarlo sostituendolo con un altro uomo che divenne poi il suo amante. L'uomo sembra tuttora essere un alto funzionario governativo che si occupa della Scienza Elettromagnetica Finanziaria, una sorta di fonte ineusaribile di profitto illegale con la quale certi personaggi appartenenti all' Elite cercano di tenerne il controllo segretamente da dopo la loro sconfitta avvenuta durante gli anni dell' Oscuramento Mondiale."

"Quindi Rosa era coinvolta in un progetto segreto che forse nemmeno José ne era a conoscenza!" Disse sconvolta Gaia a quelle rivelazioni di Maliva.

"José sapeva che il progetto avrebbe deturpato l'ambiente privandolo delle sue risorse naturali, ma non credo sapesse fino in fondo ciò che riguardava le persone con le quali Rosa si era coinvolta." Rispose Maliva con tono deciso.

"E tu come fai a sapere tutte queste cose?" Chiese a quel punto Gaia che iniziò a diventare molto sospettosa.

"Mia nonna non vedeva molto di buon occhio Rosa e spesso si era trovata a discussioni molto accese con lei in quanto erano due persone opposte anche se complementari, una sciamana e l'altra scienziata, entrambe interessate a scoprire i segreti naturali della stessa montagna ma per scopi diversi. Rosa voleva sfruttarne gli elementi a scopo di lucro, mia nonna voleva salvarli a scopo salutare." Continuó a spiegare Maliva sempre più eccitata.

"Rosa chiese a mia nonna di concederle legalmente la zona dove avrebbe voluto stabilire il progetto e precisamente in prossimità di una grotta, dato che era ricca di minerali attivi di cui avevano bisogno per costruire L'Onda Temporale e le avrebbe offerto un bel pó di denaro per l'acquisto del terreno e per l'abbattimento della fattoria in quanto risiedeva proprio in quella zona. Mia nonna ovviamente non fù daccordo peró chiese a Rosa di presentarle la documentazione del progetto sul quale mia nonna potette rilevare queste informazioni per cercare di distruggere il progetto stesso tramite i suoi poteri sciamanici" spiegó Maliva accuratamente.

"Quindi Rosa non sapeva delle vere intenzioni di tua nonna?" Chiese Gaia.

"Rosa sospettó che mia nonna non le avrebbe concesso il terreno e inizió il progetto anche senza il suo permesso, ma poco dopo Rosa morì e il progetto fù ovviamente sospeso." Concluse Maliva con aria pienamente soddisfatta, il che non sfuggì peró all'attenzione meticolosa di Gaia la quale ebbe a quel punto forti sospetti.

"Dove si trovava Rosa la sera prima della morte?" chiese a quel punto Gaia incuriosita.

"José prenotò un tavolo per due quella sera, nessuno si sarebbe aspettato di vederlo arrivare con Rosa dato che la coppia non si parlava ormai da molto tempo. Si sedettero in silenzio in un primo momento e iniziarono a discutere a metà serata. Lui aveva uno sguardo freddo e alquanto turbato lei era molto nervosa e voleva alzarsi per andarsene ma lui la fermò.

Parlarono a lungo e io vidi mia nonna molto turbata da quella scena imprevista. Sapevo che mia nonna non aveva simpatia per Rosa e cercai di starle vicino per impedirle di andare a interferire nella discussione. Fú quando Rosa alzò la voce e si sentí fino alla cucina che stava cercando di convincere José a firmare il contratto per la realizzazione del progetto che avevano iniziato insieme e che senza il suo consenso non avrebbe potuto realizzarsi.

José si oppose alle sue sollecitudini e vidi mia nonna entusiasta del fatto che lui non era intenzionato a cedere. Poi Rosa mise sul tavolo il contratto e minacciò José dicendo che se lui non avesse firmato lei lo avrebbe denunciato per l'appropriamento in debito di soldi provenienti da una associazione che finanziava le ricerche e che lui invece aveva utilizzato nella costruzione della sua villa Giapponese che era costata 10 miliardi di euro.

José a quel punto sentendosi in trappola e stressato dalle minacce di Rosa prese la penna e firmò. Rosa compiaciuta del risultato si affrettò a mettere via il documento e poi si alzò e senza dire oltre uscì dal locale. Fuori c'era una macchina ad attenderla e credo fosse quella del suo compagno, anch'esso facente parte del progetto in corso. José pagò il conto e poi ci salutò. La notte stessa Rosa fú trovata morta nella sua stanza da letto.

Il compagno era in viaggio e dopo essere stato investigato non è stato accusato di sospetti ma José invece fú accusato in quanto aveva avuto una animata discussione con lei la sera prima." Disse Maliva esausta nel raccontare fatti di cronaca così pesanti.

"Ma anche tu e tua nonna siete stati gli ultimi a vedere Rosa prima della sua morte, lo avete raccontato questo alla polizia?" Disse con tono di difesa Gaia cercando di scrutare sul volto di Maliva l'espressione che l'avrebbe tradita.

"Certamente, la polizia è venuta diverse volte ad interrogarci ma non hanno mai trovato elementi di accusa contro di noi!" Disse Maliva con il tremore alla gola per essersi resa conto di essere andata troppo oltre i limiti e che questo avrebbe potuto riaprire un caso quasi dimenticato.

"Che cosa ha mangiato Rosa quella sera, e perché José è stato accusato di averla uccisa visto che Rosa aveva cenato nel ristorante di tua nonna che presumo fosse anche la cuoca se non mi sbaglio..." chiese Gaia sempre più sicura che stava per puntare il coltello nella piaga di un delitto 'quasi perfetto'.

"Mi dispiace ma non ci sono prove per accusare mia nonna del delitto dal momento che Rosa è stata avvelenata con una sostanza liquida che hanno trovato nell'acqua che lei aveva bevuto quella sera e sembra fosse della bottiglia che José aveva portato con sé.

Rosa e José preferivano bere acqua filtrata dal loro sistema di sicurezza da quando anni prima, durante la guerra batteriologica, si sentiva spesso parlare di persone morte da avvelenamento causato da acqua contaminata.

Quella sera José aveva la sua bella bottiglia di acqua che come al solito portava con sé." Disse Maliva con un sorriso beffardo.

"E dove teneva la bottiglia quella sera quando entrò nel ristorante?" chiese Gaia sempre più sospettosa.

"Nella tasca del giaccone che aveva dato a mia nonna appena erano entrati nel ristorante." Disse Maliva dubbiosa.

"Ti ricordi se José mise la bottiglia dell'acqua direttamente sul tavolo prima di togliersi la giacca?" Chiese a quel punto Gaia certa di essere arrivata al punto cruciale.

"Ricordo che fui io a prendere la bottiglia dalla giacca dato che José l'aveva dimenticata quindi mia nonna mi disse di andarla a prendere per non fare scomodare José che era già molto impegnato nella discussione." Disse a quel punto Maliva ricostruendo i vari passaggi della storia.

"Torniamo a casa" disse a quel punto Gaia impietrita da quella storia inquietante che iniziò a farla sentire spaventata e insicura.

Capitolo 20

Il Segreto della Montagna

Era sera, José stava iniziando a preoccuparsi. Gaia era uscita per una passeggiata e non era ancora rientrata. José la chiamò più volte al cellulare ma sapeva che la zona non aveva una buona recezione e che spesso i cellulari davano addirittura spento.

José attese davanti alla grande vetrage che dava sul bosco per vedere se riusciva a scorgere qualcuno, ma tutto era in silenzio e il cielo iniziava a scurirsi sempre di più a causa di un temporale in arrivo.

José sapeva che i temporali in quella montagna erano molto pericolosi ed era difficile trovare riparo se la pioggia fosse precipitata in modo torrenziale. Il terreno diventava piuttosto scivoloso ed era facile incorrere ad incidenti talvolta fatali.

Aspettò che arrivasse la mezzanotte dopo di che chiamò la polizia ma gli risposero che non era possibile iniziare le ricerche fino a dopo 48 ore dalla scomparsa in quanto essendo Gaia un adulta aveva il libero arbitrio e per legge richiedeva il tempo necessario per stabilire se si trattava di una reale scomparsa o di un allontanamento volontario.

José si infuriò ed ebbe il dubbio che la polizia non avesse alcuna intenzione di indagare in quanto non era la prima persona che scompariva in quella zona, e dal momento che la leggenda della DAMA BIANCA sembrava aver preso controllo sulla realtà, concluse che una sorta di omertà impediva di fidarsi della polizia che negli ultimi tempi era diventata sempre meno efficiente.

José allora decise di chiamare alcuni giovani alpinisti che vivevano nel villaggio per farsi aiutare nella ricerca.

Camminarono per ore nel buio della notte chiamandola ad alta voce ma non vi fú nessun risultato.

Quando uno di loro iniziò ad urlare: "Venite a vedere, ho intravisto una donna da quelle parti!"

José pensò immediatamente alla leggenda della DAMA BIANCA e al delirio collettivo di cui in molti rimasero vittime e iniziarono a soffrire di strane allucinazioni. Il gruppo dei giovani alpinisti guidato da José si guardarono uno nell'altro in silenzio, poi uno di loro disse: "Andiamo a vedere, non costa niente!" e poi aggiunse ironicamente: "così finalmente avremo l'occasione di vedere se la DAMA BIANCA è leggenda oppure realtà!"

Quando arrivarono nel punto indicato dal ragazzo non videro nessuno, ma sentirono strani rumori provenienti dal bosco, rumori di un animale che emetteva versi poco rassicuranti.

"Ci sono lupi da queste parti?" disse uno di loro.

"Di solito no!" rispose José incredulo.

Poi da lontano sentirono una sottile voce femminile che sembrava sussurrare parole strane con un accento non comune, José sperò fosse la voce di Gaia anche se in cuor suo uno strano presentimento gli diceva che Gaia era in un brutto guaio.

Da lontano intravidero l'ombra di una donna vestita di bianco che ricordava l'immagine descritta nella leggenda della DAMA BIANCA e gli uomini si congelarono al solo pensiero che la leggenda potesse essere reale. Più si avvicinavano più lo scenario diventava inquietante, la donna era girata di spalle ed era sopina come se stesse toccando qualcosa che giaceva a terra.

Gli uomini guardavano la scena come se la donna fosse in trance e non poteva vederli e ne sentirli. "Fate silenzio assoluto o la DAMA BIANCA scomparirà nel nulla" disse uno di loro con tono esaltato.

"Non sono interessato alla DAMA BIANCA, voglio ritrovare Gaia e non mi interessano le storie popolari che qualche schizzofrenico di paese ha deciso di inscenare per depistare qualcosa di molto più serio!" disse alquanto infuriato José.

"La leggenda della DAMA BIANCA non è una semplice storia popolare come tu pensi" disse il più anziano di loro che a quanto pare conosceva molto bene la storia.

"Se tu non ci credi non ti avvicinare a lei o potresti commettere un grave errore. Conosco la leggenda e conosco le conseguenze che potrebbero rivelarsi brutte sorprese!" Aggiunse l'uomo con l'aria di chi aveva vissuto tali esperienze. José non aveva più la pazienza e decise di andare avanti, ma più si avvicinava più sentiva una strana angoscia crescergli dentro.

Quando si trovò a pochi metri di distanza vide che la donna stava accarezzando un lupo sdraiato difronte a lei e parlava una lingua straniera che a José gli ricordava il Peruviano, aveva l'aria di voler rassicurare l'animale facendolo sentire al sicuro, ma non appena José si avvicinò l'animale fuggì dentro il bosco. Allora José non potette resistere alla curiosità e decise di toccare la spalla della donna ma lei sembrava ignorarlo.

"Chi sei?" Chiese José con il timore di vedere il suo volto.

Capitolo 21

Gaia

La polizia arrivò immediatamente. L'uomo che conoseva la storia della DAMA BIANCA era un investigatore che seguiva da molto tempo i diversi casi di omicidi avvenuti in quella zona. Aveva capito che José non si fidava di lui e che la leggenda lo avrebbe solo innervosito senza pensare minimamente invece che la scomparsa di Gaia era legata ad essa più di quanto lui pensasse.

La montagna divenne nel giro di poco tempo una luminara di fari nella notte. Uomini armati che seguivano i loro cani addestrati in cerca di individuare la preda. Il silenzio della notte venne improvvisamente interrotto dai passi che scalfivano il terreno battuto dal sentiero che portava al luogo dove si trovava la scena. "State lontani per favore" disse l'investigatore agli alpinisti che increduli non avevano ancora idea di cosa stasse succedendo.

José era pietrificato davanti alla scena orribile che lo aveva inchiodato senza fiato. l'investigatore si avvicinò a José e lo prese per un braccio.

"È una vecchia storia che finalmente è arrivata alla sua conclusione." Disse l'investigatore cercando di rassicurare José che ancora non credeva ai suoi occhi.

"La prego allontaniamoci da qui e andiamo a parlare in un luogo più confortevole" aggiunse l'uomo continuando a sorreggere il povero José che era sull'orlo di svenire dallo shock. Entrarono nella casa di José che erano le prime ore dell'alba.

"Sono l'ispettore Lopez e seguo questo caso da molto tempo. Avevo sentito parlare di molte persone scomparse in questa zona e così mi sono avventurato nelle indagini che mi hanno portato alla famosa storia della DAMA

BIANCA. Só che può sembrare assurda ma credo che adesso abbia capito di cosa si tratta." Disse l'uomo con aria sicura.

José rimase in silenzio per un pò poi disse: "Dov'è Gaia? Questa è l'unica cosa che voglio sapere!"

L'ispettore capì che per José non era facile accettare il fatto che la povera Gaia era sata fatta a pezzi da un lupo. Purtroppo era rimasta vittima dell'ennesimo omicidio commesso da colei che si faceva chiamare la DAMA BIANCA.

"Conosco Maliva da quando era molto giovane" disse José "Avevo capito che era pò strana ma io e Gaia ci siamo fidati della sua presenza così gentile e sempre dedita al beneficio della comunità che abbiamo costruito insieme con tanta passione." disse José con le lacrime agli occhi.

Lopez interruppe il silenzio: "Maliva soffriva di schizzofrenia. La nonna, una certa Mariapia, era una donna molto particolare che aveva la fama di essere una strega, e questo sicuramente ha influito molto sulla personalità già fragile di Maliva. La nonna Aveva sposato Antonio Rodriguez per vendicarsi della violenza che aveva usato su di lei ma che aveva scoperto essere anche l'assassino delle povere vittime uccise inclusa sua moglie Carmen. Lui era uno psicopatico che credeva di essere in contatto con i lupi e poterli controllare per comandare loro di uccidere e usciva la notte di luna piena uccidendo con ferocia le sue vittime sopratutto donne." Aggiunse Lopez senza dare troppo credito alla assurda storia.

"Chi é in realtà Maliva?" Chiese a questo punto José.

"La dolce Maliva è in realtà una feroce assassina che ha ucciso sua moglie Rosa mettendo del veleno estratto da uno dei suoi famosi intrugli con le erbe dentro la bottiglia dell'acqua quando sua nonna le chiese di prenderla dalla tasca della sua giacca la sera che avete cenato insieme nel ristorante. Maliva non sopportava l'idea che Rosa volesse portare avanti il progetto al quale sua nonna era contraria.

A Mariapia non piaceva Rosa e in un primo tempo per questa ragione i sospetti caddero su di lei. Poi invece si spostarono su di te José perché le due donne confessarono di aver sentito la vostra conversazione e riportarono l'accusa di Rosa nei tuoi confronti riguardo al denaro speso per la villa Giapponese" disse l'investigatore guardandolo con un velo di compassione per aver in passato sospettato di lui ingiustamente.

"E come è arrivato a capire che invece era stata Maliva a mettere il veleno nell'acqua che io fortunatamente non ho bevuto quella sera? " chiese José sentendosi fortunato anche se in parte deluso.

"Gaia era una Agente ingaggiata per le investigazioni ma le cose non sono andate esattamente come erano state programmate" disse l'uomo.

"Gaia era una spia?" disse sorpreso José.

"Si e il suo compito era quello di indagare sul mistero delle persone scomparse e i vari delitti avvenuti in questa zona, incluso quello di tua moglie Rosa, ma non era certo previsto che si sarebbe innamorata di lei e questo interruppe i nostri rapporti professionali in quanto non era eticamente corretto e affidabile dover continuare ad indagare sulla persona di cui lei si era innamorata e su questo spero tu sia daccordo!" disse l'investigatore Lopez.

"Non só come mi sarei comportato se lo avessi saputo prima! Mi dispiace...non credevo Gaia fosse una spia" disse José guardando la foto di Gaia appesa sul muro che in quel momento apparve ai suoi occhi sotto una luce diversa, come se si rendesse conto che non la conosceva affatto.

"Ti capisco e credimi, non avrei mai voluto svelarti la verità se non fosse stato per il fatto che Gaia aveva deciso dopo anni di riaprire il caso per aver avuto forti sospetti su Maliva e voleva scoprire la verità per darti la possibilità di sentirti finalmente in pace una volta scagionato dai sospetti delle indagini ancora in corso, sicuramente una grande prova d'amore!" disse Lopez.

"Quindi Gaia sapeva di Maliva? " chiese José incredulo.

"Gaia aveva sospettato di Maliva e ieri pomeriggio ha accettato l'invito di camminare con lei per farla parlare. Abbiamo tutta la registrazione che Gaia in accordo con me aveva inoltrato per le prove che avrebbero incastrato Maliva, e così è stato ma purtroppo non sapevamo che Maliva era anche ossessionata con la figura della leggenda della montagna che sua nonna le aveva raccontato quando era bambina al punto che lei stessa credeva di essere la DAMA BIANCA tanto temuta da tutti." Disse l'investigatore.

"Gaia ha fatto l'errore di farla parlare del delitto quando erano ancora isolate nel mezzo alla montagna e non aveva calcolato che per lei avrebbe potuto diventare pericoloso. Maliva sapeva come interagire con i lupi avendo ereditato tale conoscenza dal satanista Antonio Rodriguez che in realtà era suo nonno." concluse Lopez.

Capitolo 22

L'Era dell'Oro

"La montagna è il luogo dove tutti pensano di ritirarsi un giorno quando ormai stanchi di vivere desiderano fuggire dal mondo ed essere così esonerati dal fare tutte quelle cose ripetitive che fanno sentire inutili..." pensava José mentre camminava sul sentiero di quella montagna dove un giorno aveva incontrato Gaia e dove un giorno l'aveva anche perduta.

José era stanco di vivere, stanco di essere continuamente perseguitato da situazioni che lo avevano portato a perdere completamente fiducia nella vita stessa. Si trovava ormai quasi al termine del suo percorso in salita e desiderava fermarsi ma aveva ancora quel senso di inquietudine che non lo abbandonava mai. *"Non ho più voglia di arrampicarmi alla montagna mentre crolla!"* Pensò intensamente José.

Aveva sposato Rosa perché credeva in lei e non avrebbe mai immaginato che le loro strade avrebbero preso direzioni diverse per poi interrompersi con un ricatto economico. Poi è arrivata Gaia, la donna che lo aveva ridestato dal lungo letargo della solitudine e ancora una volta non avrebbe mai immaginato lei potesse essere una spia che nonostante l'amore e la passione sarebbe stato ancora una volta tradito. Le giornate passavano lente nel villaggio, tutto sembrava diverso da quando Gaia era drammaticamente scomparsa. José ancora non si capacitava della realtà e ripensando al passato non riusciva ancora a mettere insieme i pezzi del puzzle.

Maliva era stata giudicata colpevole del delitto di Rosa e ancora sotto indagine per il delitto di Gaia. Era stata internata in una casa di cura a stretta sorveglianza per essere stata giudicata non sana di mente e questo le aveva dato la possibilità di richiedere uno sconto della pena che da ergastolo era diventata indefinita sotto la cautela medica e che per buona condotta, dopo due anni, le aveva fatto ottenere il permesso di poter stare a casa il fine settimana. Grazie al microchip sottopelle poteva essere sorvegliata a distanza anche se aveva l'obbligo di essere accompagnata da qualcuno date le sue condizioni precarie.

LA DAMA BIANCA fù una storia finita in prima pagina di tutti i giornali, qualcuno ci scrisse un libro e fù fatto anche un documentario che rese Maliva una diva dello spettacolo. La leggenda della DAMA BIANCA era ormai sfatata ed era diventata un orrificante realtà agli occhi della gente del villaggio che per anni aveva reso quella montagna una leggenda popolare conosciuta in tutto il mondo.

Maliva era cresciuta in un ambiente dove vivevano persone disturbate che praticavano riti in funzione delle loro paranoie mentali, però la leggenda non era nata con Maliva ma molto prima che lei nascesse. Sua nonna Mariapia ne era stata testimone la notte dell'incidente avvenuto nella stalla e quello rimase un mistero al quale nessuno ebbe il coraggio di indagare per paura di essere minacciati da Antonio Rodriguez che allora sembrava essere lui stesso il promotore del mistero che aleggiava attorno alla leggenda.

José cercò di dimenticare il passato concentrandosi sulla bellezza della natura, il villaggio ecologico che lui aveva progettato durante tutti quegli anni e che adesso era divenuto realtà ed era la prova che la vita continua a dare i suoi buoni frutti nonostante le avversità.

La produzione di sementi e la loro distribuzione stava salvando l'economia in molti paesi Africani che per secoli erano stati sfruttati mantenendoli poveri per motivi politici che avevano dominato la società mondiale per intere generazioni.

La famosa Elite di quei pochi che avevano controllato il mondo per migliaia di anni era finalmente sconfitta e si respirava un aria molto più serena, l'era dell'oro aveva ripreso il suo ciclo e l'armonia della legge naturale stabilita da Dio aveva dissipato la malvagità dello spirito satanico che aveva dominato per secoli portando odio e guerre.

La tecnologia che era stata creata per distruggere l'essere umano aveva raggiunto un equilibrio di convivenza ed era stata convertita in servizio per l'umanità e non in competizione con essa come era stato fatto in passato.

I robots erano macchine intelligenti con le quali era possibile avere un rapporto di collaborazione, alcuni di loro avevano raggiunto anche un certo grado di empatia che permetteva loro di poter vivere ad un livello più profondo che prendeva il posto della coscienza e prese così il nome di *"Coscienza Sintetica."*

La società era quindi composta da diversi livelli di coscienza che vivevano in armonia tra di loro ma questo non significava che tutto era perfetto anzi...l'uomo nelle sue origini non era stato creato per essere perfetto ed era stata appunto la sua imperfezione a far si che si trasformasse attraverso la dinamica dell'evoluzione e nella sua continua ricerca di conoscere se stesso come essere incarnato si era avvicinato così allo spirito che conduce a quel Dio famoso che era e sempre sarà il mistero di quella imperfezione.

Capitolo 23

Amore Sintetico

Sarebbe stato un buon giorno se non fosse iniziato con il ritrovamento di quel piccolo pettirosso congelato.

José lo strinse tra le sue mani e lo seppellí ai piedi dell'albero da dove era accidentalmente caduto durante la notte. *"La vita continua anche senza di te..."* pensò José mentre guardava in alto per scorgere il nido da dove era caduto e da dove sua madre continuava felicemente ad imboccare il resto della famiglia cinguettante per la fame che era per loro una priorità.

"È forse questo che ci distingue tra esseri crudeli da quelli sensibili? Se fossi stato un pettirosso come te avrei accettato la perdita di Rosa e poi di Gaia come tua madre accetta la tua? È quindi meglio essere umani oppure animali...e chi può giudicare la crudeltà o la bontà se queste dipendono dal grado di coscienza che distingue l'uomo dall'animale?" E mentre José si trovò assorto nei suoi pensieri profondamente etici quasi al limite di una crisi esistenziale, fú che d'improvviso tra la folla gli sembrò di scorgere il volto di Gaia.

José la guardò con sospetto nel cercare di scorgere l'identità della donna che assomigliava così tanto a lei ma più la guardava più le sembrava proprio Gaia.

Decise quindi di seguirla facendo attenzione a non farsi notare da lei. Poi la vide entrare in un palazzo dove era scritta una sigla a lui sconosciuta THR *Tecno-Human Resource.*

José era confuso, si chiedeva il perché di tutto questo e voleva chiarire la situazione.

Si fermò alla reception e chiese informazioni ad uno della sicurezza che gli rispose: "Questo è un laboratorio dove vengono istruite persone che hanno particolari doti tecnologiche in quanto sono state programmate per servizi di ricerche private. Molto spesso vengono affiancate a detective privati o commissari di polizia durante le loro investigazioni. Se ha bisogno di qualcuno in particolare si può accomodare e le posso fornire i dati di quelli al momento disponibili." Disse l'uomo gentilmente.

"Si grazie ho proprio bisogno del vostro servizio per una ricerca molto importante!" disse José con determinazione.

"Bene l'accompagno nell'ufficio delle registrazioni mi segua" rispose l'uomo con un sorriso.

José era comodamente seduto quando nell'ufficio entrò Sharon un elegante signora che si presentò come la consulente del servizio Tecno-Human Resource.

"Le presento il nostro personale disponibile, ognuno di loro ha prerogative diverse per ricerche diverse. Le posso consigliare la persona che fà per lei, mi dica esattamente che tipo di servizio ha bisogno?" Chiese Sharon.

"Ho bisogno di un detective per chiarire una situazione rimasta in sospeso che è ancora avvolta nel mistero. Sono stati commessi dei delitti e l'assassina è una donna che è attualmente sotto la tutela dei servizi sociali per essere stata giudicata disabile di mente, ma ci sono ancora dei fatti irrisolti sui quali vorrei fare chiarezza." Disse José con determinazione cercando di nascondere le emozioni per non destare sospetti.

"Bene le faccio vedere alcuni profili dei nostri detective disponibili che possono fare per lei" rispose la consulente.

E mentre le foto dei vari operatori gli passavano davanti José pensava ancora a Gaia e a quella donna che aveva visto poco prima entrare in quel palazzo sperando di poterla rivedere, fosse stata anche solo una segretaria o semplicemente la donna delle pulizie non importava, lui era lì per lei e non se ne sarebbe andato fino a che non l'avrebbe rivista.

La consulente continuava a sfoggiare sullo schermo profili di uomini e donne dando informazioni generali sulla loro identità sfoggiando con essi anche le cifre stratosferiche in dollari per il loro costo non indifferente in quanto gestito da una compagnia privata che speculava su certi servizi ad alto livello professionale di cui si servivano di solito magistrati, commissari di polizia privata e detective CIA.

Mentre la consulente continuava a sfoggiare la carrellata di profili José vide in lontananza la donna che assomigliava a Gaia.

José si alzò di scatto ignorando la consulente che continuava a parlare.

"Chi è quella donna?" chiese José indicando con un dito attraverso il grande vetro dal quale poteva vedere l'ufficio dove la donna era entrata e si era comodamente seduta dietro una scrivania.

"Solange Martinelli, un agente segreto con speciali requisiti tecnici che le potrebbero costarle caro". Disse la consulente.

José non esitò a pagare e dopo aver firmato il documento di acquisto gli venne consegnata una chiave di accesso dati per il controllo automatico del processo informativo.

"Adesso è tutta sua, ne faccia buon uso e buona fortuna!" disse lei consegnandogli la busta di *"Congratulazioni per l'acquisto"* con un sorriso automatico e una strizzatina d'occhio che la rese finalmente un pò più umana di quanto non fosse sembrata fino a quel momento.

José si apprestò a seguirla nel lungo corridoio a vetri che conduceva in una sala dove lui avrebbe incontrato Solange Martinelli. Il servizio prevedeva l'incontro in una stanza divisa da una parete di vetro attraverso la quale lui avrebbe potuto interagire con lei ma lei senza che lei lo vedesse ma poteva ascoltare la sua voce.

Solange entrò nella stanza e si sedette comodamente sul divano. Era molto affascinante come era Gaia del resto. José non volle interagire per lunghi minuti ma volle godere della sua presenza ricordando i momenti passati con Gaia pur sapendo che lei non c'era più. Poi d'improvviso José si lasciò scappare un emozione e senza troppo pensare disse: "Ciao Gaia" La donna si girò di scatto e fece un espressione confusa. Poi rispose: "Chi sei?"

"Forse in qualche remota memory-story della tua vita transumanizzata hai ancora qualche ricordo che ti riporta a me..." disse José senza esitazioni.

"José!" disse la donna in preda alle emozioni.

Lui non riuscì a trattenere le lacrime, poi si fece forza e la rabbia pervase il suo essere di uomo ferito.

"Perché mi hai tradito, perché hai giocato con i sentimenti se eri stata pagata per un servizio di investigazioni e non per entrare nella mia vita... Ma adesso sono io che ti pago per rispondermi e non poco visto la parcella per la quale sei valutata molto bene date le tue speciali qualità professionali." disse José con tono accusatorio.

La donna non rispose in un primo momento ma la ricerca della memoria era stata attivata e la sua speciale qualità professionale includeva appunto la memoria archivio alla quale lei poteva accedere, a differenza di altri che invece venivano resettati e ai quali veniva cancellata la memoria.

"L'amore non ha un prezzo" disse la donna che in quel momento era tornata a pieno nell'identità di Gaia che José fino a quel momento aveva creduto morta.

"Chi sei tu veramente...una donna o un robot!" Chiese a quel punto José cercando di chiarire l'identità di Gaia che adesso si presentava sotto il profilo di Solange Martinelli.

"Dipende da che punto di vista mi vuoi vedere...per te sono stata una donna ma non potevo rinnegare l'altra parte di me che un giorno mi avrebbe strappata via da te." Precisó Gaia, e poi continuó:

"La compagnia investigativa per cui lavoravo mi aveva costretta a prendere una decisione non facile in quanto mi avrebbero potuta distruggere se non eseguivo gli ordini prestabiliti.

Nel mio corpo vi sono dei processori di nanoparticelle capaci di essere controllati a distanza e sarebbe bastato un solo click per distruggere la mia memoria robotizzata che purtroppo era di proprietà della compagnia stessa. Chiesi quindi aiuto a Robert Smith che gentilmente accettò di aiutarmi per farmi uscire dal ricatto della compagnia che mi teneva prigioniera e poter così continuare la mia vita con te." disse Gaia.

"Non credevo che Robert avesse anche il monopolio delle memorie, credevo che si occupava solo della vendita di replicanti stile Jessica Rabbit come sua moglie Yvonne" disse José cercando di sdrammatizzare la conversazione.

"Robert era il menager della compagnia Galaxia e si occupava principalmente di replicanti ma aveva anche la facoltà di poter acquistare le memorie per fortuna, quindi acquistò la licenza del mio codice disattivandolo cosi dalla proprietà della compagnia alla quale appartenevo.

Purtroppo l'acquisto aveva un termine entro il quale la mia memoria sarebbe tornata sotto la proprietà intellettuale della compagnia a cui appartengo e ciò non mi avrebbe più permesso di vivere la mia vita con te. Quindi prima che questo accadesse volevo portare a termine la missione che mi ero prefissata e cioè renderti libero dalle accuse dell'omicidio di Rosa e ridarti cosi la serenità che tanto desideravi." Disse Gaia sperando che José avrebbe capito.

"Avrei sicuramente preferito rimanere colpevole del delitto di Rosa che rendermi conto che tu non eri la donna che credevo..." rispose José risentito da quelle parole scioccanti. "Di chi era quindi il corpo fatto a pezzi che giaceva al suolo se non eri tu?" Chiese a quel punto curiosamente José.

"Quello non era un corpo umano ma era un mio replicante che Robert mi aveva procurato dopo che pianificai l'incontro con Maliva per farle confessare il delitto. Avevo sospettato di lei e mi ero accorta delle sue persecuzioni omicide, sapevo che avrebbe cercato di uccidermi e il corpo sintetico mi ha salvato la vita naturalmente" spiegó Gaia con determinazione.

"E come hai potuto gestire la sostituzione senza che Maliva si rendesse conto?" Chiese incredulo José.

"Grazie all'intervento di Lopez che seguiva la pista omicida tramite la traccia telematica provveduta dal mio sistema operativo che permise a lui di rintracciare la conversazione tra me e Maliva" spiegò Gaia.

"Lopez aveva già provveduto alla sostituzione del corpo sintetico appostandolo in un determinato posto dove avevamo scoperto che Maliva praticava regolarmente il suo solenne rituale meditativo tutt'altro che innocente come lei ha sempre cercato di farci credere, in realtà era un macabro richiamo assassino che lei aveva geneticamente ereditato da suo nonno, Antonio Rodriguez" continuó Gaia.

"Quale era il luogo esatto dove Maliva praticava il macabro rituale?" Chiese a quel punto José curiosamente ripensando a quei frequenti ritiri in luoghi mistici dove Maliva si appartava.

"All'interno della grotta dove tu e Rosa avevate sperimentato il vostro progetto sull'Onda Temporale" spiegò Gaia rendendosi conto così di stare per profanare un luogo che José aveva sempre creduto essere segreto.

"Quando Maliva entrò nella fase di trance del rituale non si accorse che io ero già scomparsa e sostituita immediatamente dal replicante precedentemente appostato nella grotta dagi operatori di Lopez" concluse Gaia con la speranza che José l'avrebbe perdonata.

Dopo un lungo silenzio meditativo José si sentì finalmente liberato dal peso di un segreto che lo tormentava da lungo tempo, e pacatamente disse: "L'Onda Temporale è stato un ridicolo esperimento fallito per il quale Rosa ha perso la vita!" Esclamò José con un senso di sollievo per aver finalmente rivelato un segreto che lo aveva tormentato da anni.

"Non lo definirei così tanto ridicolo!" Replicò Gaia enfaticamente. "In quanto ha causato un certo disturbo energetico di cui io personalmente ne sono stata vittima il giorno della gita a cavallo" ribadì Gaia ripensando alla strana esperienza vissuta quel giorno.

"Avevo ricevuto tale influenza magnetica anche la notte del sogno intenso in cui ho viaggiato nel passato e ho potuto visitare la famiglia Rodriguez quando vivevano nella vecchia fattoria. Ricordo che tu mi spiegasti che in quel luogo avvenivano certi fenomeni temporali ma non mi hai mai confessato che la causa era dovuta all'esperimento che tu e Rosa avevato fatto in precedenza" precisó Gaia risentita nel rievocare quell'episodio del passato.

"Diciamo piuttosto pericoloso per essere stato causa di allucinazioni temporali che non hanno certamente aiutato la mente già fragile di Maliva e delle molte persone che sono state coinvolte e rimaste vittime di una credenza popolare trasformata nella leggenda della DAMA BIANCA" concluse Gaia.

"Questa è la ragione principale per cui non volevo partecipare al progetto che tanto insistentemente Rosa voleva realizzare!" Replicò José cercando di difendere la sua ormai compromessa coscienza.

"Ho preferito perdere Rosa anziché coltivare quella sua assurda ossessione per un progetto così pericoloso... " aggiunse dopo una breve pausa in cui si rese conto di aver perso anche la sua dignità per non aver confessato quel segreto prima.

"La Roccia degli Amanti non è solo leggenda, la loro energia vitale è l' Onda Temporale che io e Rosa abbiamo creato nella stessa grotta dove i due amanti hanno vissuto gli ultimi giorni della loro vita cercando di proteggere il loro amore dalle insidie dell'odio. Ancora oggi mi chiedo se loro hanno preservato per sempre ciò che noi invece abbiamo vigliaccamente perduto per non aver avuto così tanta fede nell'amore..." disse José contemplando la grotta della leggenda che verosimilmente era anche la grotta del fatidico luogo segreto dove l'esperimento aveva avuto inizio.

Poi preso da un senso di impotenza cercò di rivalersi sulla situazione che stava inevitabilmente precipitando:

"Quindi anche il commissario Lopez ha mentito in quanto mi ha fatto credere che quel corpo martorizzato era il tuo" rifletté José sentendosi tradito per l'ennesima volta.

"Mi dispiace José di tutto questo, ma era necessario che Lopez mantenesse il segreto sulla mia identità per far si che la missione andasse a buon fine e io potevo così uscire dallo scenario della tua vita senza lasciare tracce" spiegò Gaia. "Sapevo che ti avrei perso come compagno ma non volevo perdere anche la memoria dei ricordi di quel periodo passato assieme a te, l'unico amore che mi è stato concesso di conoscere e che tuttora conservo nei miei ricordi" aggiunse Gaia con le lacrime agli occhi nel mentre cercava di intravedere il volto di José da dietro il vetro a specchi che in quel momento rifletteva il suo volto triste.

José ebbe un attimo di perplessità in cui avrebbe voluto perdonarla e andare oltre quello specchio che li divideva per riabbracciarla, ma poi decise di tornare su i suoi passi e disse:

"E tu che cosi tanto detestavi i robots eri invece anche tu una di loro, e hai fatto finta di essere una donna mentre invece sei solo un computer, anche se devo dire fatto molto bene... fino all'anima!" aggiunse José in conflitto tra amore e odio per Gaia.

"È proprio questo il punto, io non sono un computer io sono una donna con la prerogativa di funzioni robottizzate dovute ad un esperimento tecno-umano che fú fatto a mia madre durante il periodo della gravidanza e quando io nacqui lei perse la vita ma io ho sviluppato nel mio corpo elementi di nanoparticelle robotiche che nel tempo si sono sviluppate in modo progressivo crescendo dentro di me con delle caratteristiche tuttora sconosciute alla scienza.

Il mio DNA alterato è stato patentato quindi sono registrata come proprietà della compagnia per cui lavoro. Il Transumaneismo è fallito e io ne sono la prova esistenziale. Solo l'amore non potrà mai fallire e io ti amo ancora come la prima volta che ti ho visto." Concluse Gaia con le lacrime che iniziarono a scendere dai suoi occhi.

José era nel pieno conflitto interiore, non sapeva più riconoscere la realtà ma dentro di sé sapeva ancora riconoscere se stesso come uomo al centro dell'Universo e non sentí piú la necessità di investigare oltre.

Fu' quando Gaia sembrava ritornata in vita che invece vide in lei la determinazione dell'autodistruzione alla quale José non era certamente preparato.

"Questo non è un Arrivederci ma è un Addio!" disse Gaia duramente. "Adesso ti prego di cliccare il tasto giusto e lasciarmi andare dove le memorie ataviche si ricongiungono da qualche parte dell' Universo. A me è dato di conservare la memoria fino a che essa non verrà distrutta...e tu lo puoi fare adesso, ma ti prego di conservarmi nel tuo cuore, l'unico luogo in cui voglio vivere eternamente."

E cosi dicendo Gaia si avvicinò e mise il palmo della mano contro il vetro come se volesse accarezzargli il volto per l'ultima volta. José non esitò a fare altrettanto e così nel tendere la sua mano verso quella di lei volle vedere ancora una volta nei suoi occhi quella scintilla d'amore per immortalarla nei suoi ricordi prima che si dissolvesse per sempre nella Memoria Universale.

"Lui roccia lei vento... è così che voglio ricordarti ed è lì che ci rincontreremo...sulla 'Roccia degli Amanti'! Addio Gaia." Disse José tristemente ma determinato.

Poi prese il telecomando e puntandolo nel centro della fronte di Gaia pigiò su il tasto CANCELLA.

Gaia così spense per sempre la memoria del loro Amore.

Capitolo 24

Il Cimitero delle Memorie

Poi José uscì dalla stanza e con gli occhi lucidi da un emozione che non poteva essere nascosta si diresse verso l'uscita. Sharon, la consulente che gli aveva dato poco prima la possibilità di rivedere Gaia, lo vide mentre camminava lungo il corridoio che conduce all'uscita del palazzo e gli venne incontro. "Qualcosa non và?" Chiese la consulente notando negli occhi di José qualcosa di anomalo.

"Forse qualcosa che tu non hai e si chiama emozione!" Pensò tra sé José.

"Tutto bene grazie" rispose lui freddamente. "Non era quella la donna che stavo cercando, mi dispiace mi sono sbagliato... ma ho acquisito comunque informazioni che mi sono state utili." Concluse José.

"Mi dispiace che non sia lei la donna che cercava, ma se le fà piacere potrà tornare a trovarci e possiamo continuare la ricerca per completare le sue investigatigazioni." Disse la consulente porgendogli la mano in segno di saluto.

"Grazie ma non credo di averne più bisogno, sono già soddisfatto in ciò che ho appena capito, ma le risparmio la storia adesso, probabilmente un giorno ci scriverò un libro!" Aggiunse José ironicamente lasciando la donna con l'aria di chi non aveva ben capito la battuta.

Passarono mesi, la vita nel villaggio scorreva serena, José passava le giornate in solitudine senza rimpianti verso il passato. Le sue ferite si erano riemarginate e i suoi sensi di colpa con esse.

Seppe che Maliva si era dimessa e che aveva ricominciato la sua vita sociale in qualche zona poco lontana da lí e così preso dall'impulso della curiosità volle cercarla per vedere dove lei viveva. Le informazioni che riuscì a raccogliere lo condussero verso una zona a circa 10 km dal villaggio.

Non riuscì a vederla ma seppe che viveva con il proprietario della casa che era un uomo molto vecchio di cui lei si prendeva cura.

Nessuno ebbe mai l'occasione di vederlo ma di tanto in tanto si affacciava da quella finestra sempre chiusa dalla quale si vedeva appena la sua ombra che delineava la figura sinistra di un uomo ricurvo su se stesso del quale non potevano essere visti i lineamenti del volto per la poca luce che filtrava dalla stanza.

José ebbe l'impulso di ricercare i dati elettronici attraverso il computer che indicavano l'identità degli abitanti della zona ma stranamente non emergevano quelli della casa dove risiedeva Maliva. Così ricorse alle informazioni private alle quali poteva avere accesso tramite il servizio della THR Tecno-Human Resource al quale si era rivolto per Gaia tempo prima.

La consulente Sharon fú lieta di rivederlo: "Ben tornato José, è qui per attingere informazioni utili per il suo libro?" lo accolse lei con un sorriso ripensando alla battuta ironica della volta precedente in cui José disse che non sarebbe più tornato in quella sede.

Poi Sharon lo fece accomodare nella stanza dove dopo un breve colloquio lo fece attendere per le informazioni da lui richieste.

"Seguendo i dati anagrafici e l'indirizzo da lei procuratoci siamo in grado di fornirle le informazioni sulla persona da lei richiesta" Disse la consulente consegnandogli il file elettronico che José potette consultare tranquillamente dal computer.

La donna uscì dalla stanza e José aprí lo schermo dove avrebbe finalmente visualizzato l'identità del uomo proprietario della casa dove viveva Maliva.

"Esteban Garcìa, nato nel 1960 a Barcellona." lesse *"Aveva quindi 120 anni!"* Pensò meravigliato José, che

nonostante il grande progresso tecnologico nel campo della scienza e della medicina raggiunto negli ultimi anni, era comunque considerato un grande traguardo nella scalata della longevità che in pochi potevano raggiungere.

Poi José entrò nella sezione etichettata con 'dati privati':

"Personaggio appartenente alla categoria della "ricostruzione sociale" che prevede riabilitazione e reset di identità per motivi strettamente privati ai quali non si può accedere da questo programma." Continuò a leggere sempre più preso dal misterioso personaggio.

"È comunque possibile accedere a tali dati pagando un extra che gli verranno direttamente forniti dal Servizio Informazioni Private della nostra compagnia." Concludeva.

"Cliccare su prosegui e inserire i dati per il pagamento elettronico" Continuò la scritta informativa.

José ebbe un attimo di perplessità prima di decidere, non era più sicuro di voler saperne di più sull' identità di quel uomo che in fondo non gli apparteneva, ma qualcosa lo spinse ad accettare la proposta e così cliccò sul tasto pagamento.

"La preghiamo di dire la parola chiave per accedere ai suoi dati bancari" continuò il computer.

"Peña de los Enamorados" disse José.

E nel mentre il computer svolgeva il processo di identità attraverso il suono della voce ripensò ai tempi in cui molte persone in passato avevano accettato il processo dei dati bancari tramite microchip sotto cutaneo con il quale i governi potevano controllare le persone manipolandone la vita e perfino la morte.

Fú un grave scandalo che rivelò la vera identità oscura che nel 2030 scatenò la rivoluzione dei piani dell'esistenza mentale. Una vera sorta di dissolvenza delle catene psicologiche con le quali i governi di tutto il mondo avevano tessuto una trappola sottile dalla quale l'intera umanità fece fatica a liberarsene.

Il sistema informativo fú modificato e separato dal corpo umano. Niente più microchip sottopelle ad esclusione di prigionieri criminali e pazienti con gravi patologie psicotiche che necessitavano un controllo a distanza. La tecnologia avanzata aveva finalmente scoperto che il suono della voce aveva una identità inconfutabile che vibrava tramite un sistema ad ultrasuoni con le cellule del proprio DNA.

"In principio era il Verbo, e il Verbo era presso Dio e il Verbo era Dio" mormorò profondamente José prendendo spunto dalla Bibbia.

Questo fú per l'umanità una vera e propria rivoluzione che dette la possibilità di ricostruire una sicurezza dati senza alcun pericolo per il corpo fisico e mentale.

"La parola chiave è stata accettata, grazie del pagamento signor José Fernandez. Adesso può procedere al servizio dati da lei richiesto" concluse cosí la voce metallica proveniente dal computer.

José lesse la informazione con grande interesse: *"Esteban Garcìa ha cambiato i dati della sua identità dopo una serie di delitti da lui commessi che lo hanno classificato come un serial killer molto pericoloso. Appartenente alla setta satanica della DAMA BIANCA identificata come leggenda ma che in realtà era il nome segreto con il quale l'uomo aveva creato una rete di vero e proprio scambio commerciale di giovani donne al servizio di personaggi dell'Alta Società.*

L' uomo è attualmente un ultracentenario e vive sotto la custodia dell' Alta Società per la quale ebbe prestato servizio. Non è possibile accedere all'identità di coloro che appartengono a tale Società per motivi di sicurezza, ma è ufficialmente dichiarato che appartengono a gruppi socio-politici e religiosi che ebbero un impatto primario sulla rivoluzione avvenuta nel 2030 che ebbe gravi ripercussioni sui cambiamenti Geo-Politici Mondiali di quegl'anni. I membri appartenenti all'Alta Società vennero sconfitti ma godono t'uttora della facoltà dell'anonimato. Esteban Garcìa è considerato per "Eccellenza" dei fatti uno di loro. Il suo nome originale era Antonio Rodriguez."

José rimase davanti a quello schermo senza dire una parola. Quel nome era tutto ciò che voleva sapere.

Maliva viveva quindi nella casa con suo nonno dal quale certamente aveva ereditato i poteri diabolici che l'avevano indotta alla psicosi criminale di cui divenne lei stessa vittima.

"Finalmente i due si erano ritrovati o forse non erano mai stati separati!" Pensò José mentre chiudeva con un click quello schermo come già fece per Gaia poi si allontanò in silenzio da quel luogo che era nominato CIMITERO DELLE MEMORIE.

"Chi siamo alla fine..." si chiese José mentre si incamminava verso casa. *"Memorie incise su una matrix che fà la storia degli uomini oppure siamo semplicemente il prodotto di un suono planetare con il quale vibriamo le nostre frequenze genetiche?"*

"Non c'é una risposta...non ancora! Ma non é forse questo il bello della vita?" E cosí pensando continuò il suo percorso camminando su quel sentiero che dai piedi della montagna conduceva verso casa.

L'Autrice

Che cosa accade su quella montagna chiamata Peña de Los Enamorados al sud della Spagna?

Una storia d'amore nasce quasi per caso durante una serena gita in montagna ma che si protrae all'interno di uno scenario ricco di mistero dove una popolare leggenda si intreccia tra realtà e fantasia.

Un mondo che dal passato si proietta nel futuro seguendo il filo conduttore della legge naturale che contrasta l'inconfondibile leggerezza dell'essere sfociando nell' immutabile concetto della causa-effetto alla quale l' umanità é assoggettata da millenni.

Il nuovo romanzo di Giovanna O'Halloran-Bindi (che é anche l'autrice del "La Terza Visione" e "La Maledizione dell'Angelo Nero" pubblicati su Amazon) é adesso pubblicato sia in Italiano che in Inglese nell'inconfondibile stile che li contradistingue:

"Una Connessione Universale con la quale l'autrice attinge i principi essenziali che vengono poi rielaborati da una fervida fantasia della quale l' autrice é ben dotata."

E cosí, quasi a seguire una mano invisibile, l'autrice rielabora seguendo il proprio istinto concetti archetipi a lei sconosciuti facenti parte di ció che spiritualmente viene definita la mente saggia collettiva.

Consapevole della sua capacità mediatica l'autrice si lascia transportare in quel mondo atavico che le permette poi di usare le sue stesse storie per una sorta di lettura profetica seguendo i principi dell' intuizione.

"Un altro emozionante viaggio nell'ignoto si rivela in tutta la sua avvincente gloria"

Le storie vengono cosi tradotte in Inglese e parafrasate dal ideatore e collaboratore, non che marito della scrittrice, Noel O'Halloran-Bindi che con il suo prezioso lavoro di editore riesce ad enfatizzare i contenuti adattandoli ad un pubblico Inglese facendo però attenzione a non perdere lo stile con il quale Giovanna scrive le sue storie in Italiano, mantenendo cosí la sua chiave di lettura originale.

Il disegno sulla copertina è ispirato dalla scultura dell'artista Manuel Patricio Toro che si trova in Plaza de Castilla de Antequera - Malaga - Spagna. Essa rappresenta due amanti nel momento del loro fatidico salto nel vuoto ed é dedicata alla leggenda della Peña de Los Enamorados (La Roccia degli Amanti) da cui il romanzo prende il titolo.

Tutti i disegni delle copertine dei suoi libri sono stati creati dall'autrice stessa che oltre ad essere una scrittrice è anche una artista e una terapista. Alcuni dei suoi dipinti sono visibili sul sito web delle sue terapie alla pagina seguente:

https://www.kalmatherapies.co.uk/art